프링

신미경 지음

東 文 選

프랑스 문학사회학

머리말 ——————————————————————————— 7

I. 문학 속의 사회

1. 뤼시앵 골드만 ————————————————————— 13
   비극적 세계관 —————— 13
   소설사회학 —————— 29

2. 알튀세적 문학 접근 ————————————————— 33
   마슈레의 발자크 연구 —————— 35
   르네 발리바르의 《이방인》 연구 —————— 38

3. 사회 비평 ———————————————————————— 43
   클로드 뒤셰 —————— 44
   피에르 지마 —————— 50

II. 사회 속의 문학

1. 창작인의 윤리: 사르트르 ————————————— 61

2. 문학적 현상의 사회학: 에스카르피 ——————— 66
   생 산 —————— 69
   배 포 —————— 72
   소 비 —————— 78

3. 독서의 사회학 ————————————————————— 83
   조제프 유르트 —————— 85
   자크 렌하르트 —————— 90

III. 문학장: 매개의 공간

1. 문학장과 아비투스: 피에르 부르디외 —————————— 106
   상대적 자율성의 공간 ————— 107
   변별성을 위한 투쟁의 공간 ————— 117
   아비투스 ————— 132

2. 사회적 조건과 문학 생산 —————————————— 140
   문화 자본과 사회 자본 ————— 140
   공간적 위치와 사회적 위치 ————— 148

3. 작가의 탄생: 알랭 비알라 —————————————— 154

   후 기 ———————————————————————— 161
   참고 문헌 —————————————————————— 165

머리말

이 책은 문학 또는 문화 현상에 관심이 있는 일반 독자들이나 인문학적 지평을 넓히고자 하는 대학생들에게 프랑스에서 발전된 여러 문학사회학 이론들을 소개하기 위한 책이다.

문학과 사회와의 관계는 아주 옛날부터 지적되었던 사실이다. 모든 사회가 동일한 유형의 문학을 생산해 낸 것은 아니며, 작품이 수용되는 양상도 사회와 집단에 따라 모두 다르다. 문학과 사회와의 관계는 언어 자체가 이미 사회적 성격을 갖고 있다는 사실에서 설명된다. 아무리 난해한 작품이라 할지라도 그 난해함은 일상적인 언어 인식을 넘어서는 특정한 커뮤니케이션의 양태를 요구하고 있는 것이다. 문학의 생산과 또 생산된 작품의 인식에 있어서 사회의 영향력은 절대적이라고 할 수 있다. 또한 문학은 여론을 형성시키며 사회에 커다란 영향력을 행사해 왔다. 문학은 기존의 사회를 인정하고 찬미함으로써 체제 유지의 역할을 하거나, 혹은 현실 비판을 통해 사회를 변형시키는 등 커다란 사회적 기능을 수행해 왔다. 이처럼 문학과 사회 사이에 상호적인 관계가 존재한다는 것은 모두가 인정하는 사실이다. 그러나 그 관계의 성격을 규정하고 둘 사이의 매개고리를 밝혀내는 일에서만큼은 여러 학설들이 분분하다.

이 책은 문학과 사회 사이의 매개고리를 찾기 위한 출발점을 어디에 두는가에 따라 〈문학 속의 사회〉·〈사회 속의 문학〉·〈문학

장〉이라는 3개의 부분으로 구성되어 있다. 우선 〈문학 속의 사회〉
는 연구의 출발점을 텍스트에 둔다. 텍스트 속에 나타나는 사회에
대한 묘사나 줄거리, 등장인물이나 언어 등과 같은 작품의 미학적
요소를 단서로 해서 해당 텍스트의 사회적 성격을 규명하는 방식
이다. 즉 문학 작품 속에서 사회성을 읽어내는 것이다. 이 경향을
대표하는 인물로는 뤼시앵 골드만(Lucien Goldmann)과 그의 발생
론적 구조주의, 자크 렌하르트(Jacques Leenhardt), 피에르 마슈레
(Pierre Macherey)와 피에르 지마(Pierre Zima)가 있다.

〈사회 속의 문학〉은 개개의 문학 작품이 갖는 의미에 천착하는
대신 사회 내에 존재하는 여러 행위들의 하나로서 문학을 바라본
다. 〈사회 속의 문학〉의 선구자적인 이론가는 로베르 에스카르피
(Robert Escarpit)이다. 그는 문학의 독자층이 남성인지 여성인지,
연령층은 어떻게 되는지, 어떤 직종의 사람들이 문학을 읽는지, 책
의 구매와 대출, 출판 시장의 상황과 문학은 어떤 관계를 맺고 있
는지를 다루고 있다. 문화 상품의 기획자들이 가상적 구매자의 사
회적 계층과 경제력을 고려하고 가상적 구매자의 소비 심리 경향
을 겨냥한 상업 전략을 편다는 것은 더 이상 신비가 아니다. 대학
비평이 '예술과 문학이란 값을 매길 수 없다'는 신념을 고수하면
서 작품의 미학에만 초점을 맞추고 있는 동안, 그 값을 매길 수 없
다는 문학과 예술은 그것을 가격으로 치환하는 경제 논리를 벗어
나지 못하고 상업적 메커니즘 속에 통용되고 있다는 것은 부인할
수 없는 명백한 현실이다. 에스카르피는 문학의 생산·배포·소
비 과정을 추적하면서, 문학성을 결정하는 데 있어서 문학 외적 요
건이 어떤 영향력을 행사하는가를 관찰한다. 〈사회 속의 문학〉이
중요하게 다루는 연구 대상은 〈문학 속의 사회〉가 무관심하게 내
버려두었던 독자의 문제이다. 〈사회 속의 문학〉은 문학 작품이란

독자와의 만남을 통해서만 비로소 하나의 의미 있는 사건이 된다는 데 주목하면서, 하나의 텍스트에 대한 반응은 사회 집단별로 상이하다는 것을 보여 줌으로써 작품의 내재적 요소가 독서를 결정하는 것이 아니라 문학 외적인 이해 관계가 작품의 독서에 깊이 관여하고 있음을 증명하고자 한다.

〈문학 속의 사회〉·〈사회 속의 문학〉이라는 구분은 구체적인 텍스트나 작가로부터 연구를 시작해서 문학과 사회의 관계를 추적할 것인가, 아니면 사회 내에서 문학이라고 간주된 것들을 통틀어 경험주의적 실증주의 사회학으로 접근하느냐에 따른 것이다. 전자의 연구가 문학적 방법론(테마 해석, 작품의 언어 분석)에서 출발한다면, 후자의 경우에는 사회학적 방법론(통계나 설문 조사)이 강하게 드러난다.

그러나 이상의 두 개의 방법론은 나름대로의 문제점을 안고 있었다. 〈문학 속의 사회〉가 분석하는 텍스트의 미학적 측면에 집중하는 문학적 접근으로서 개인의 독창성과 천재성을 과대평가하는 경향을 보여 준다면, 〈사회 속의 문학〉은 보다 사회학적 연구에 가까운 것으로 문학 작품을 단순한 자료로 취급하는 취약점을 안고 있는 것이다.

III장 〈문학장〉은 사회학자 피에르 부르디외(Pierre Bourdieu)의 이론인데, 바로 〈문학 속의 사회〉가 보여 주는 사회학적 해석학과 〈사회 속의 문학〉이 보여 주는 미학 경시의 실증주의적인 사회학을 극복하기 위한 시도라고 할 수 있다. 부르디외의 문학장 개념은 사회 내의 한 활동으로서 문학 활동 전반을 아우르는 개념인 동시에, 개별적인 작품과 작가 분석에도 적용될 수 있는 여러 하위 개념들(위치, 위치잡기, 위치 이동)을 담고 있다. 부르디외의 문학 연구를 한마디로 요약한다면, 민주주의 사회에서 문학을 향유하는 일은 왜 평등하게 이루어지지 않는가를 비판적으로 분석하고자 한 것이라고 할 수 있다. 부르디외는 소문과 후광과 권위를 자랑하는 산물들 및 표상들의 가치란 선험적으로 주어진 것이 아니라 인간에 의해, 집단에 의해, 사회에 의해 부여된 것이라고 주장하며, 우리에게 우리가 문학적 대상을 바라보는 입장과 태도를 자문해 볼 것을 요구한다.

그러나 이상과 같이 프랑스 문학사회학을 〈문학 속의 사회〉·〈사회 속의 문학〉·〈문학장〉이라고 분류하는 데에는 문제가 없지 않다. 여기서 분류한 이론가가 자신은 그쪽 이론가라고 천명하고 연구를 시작한 것도 아니며, 따라서 이런 분류는 학자들의 공개적인 학파 결성에 의한 것도 아니다.[1] 예를 들어 III장 〈문학장〉에서 소개된 알랭 비알라의 경우, 그의 여러 제안 중의 하나인 '독자의 수사학'은 〈사회 속의 문학〉 계열에 속하는 연구라고 할 수 있다. II장에서 소개된 유르트의 경우, 그는 자신의 연구가 많은 부분 부르디외의 문학장 이론에서 영감을 얻었음을 밝히고 있다. 그러나 사르트르에 이어 독자를 강조하며 연구를 진행하고 있는 에스카르피와 함께 소개하는 것이 더 일관적인 소개라고 판단, II장에 포함시켰다. 렌하르트의 경우만 보더라도 〈문학 속의 사회〉의 선구자인 골드만 계열의 소설사회학을 통해 학자적 명성을 얻었지만, 여기서 소개한 렌하르트의 작업은 〈사회 속의 문학〉에 편입된 독서의 사회학이라는 항목이다. 골드만에서 다루었던 내용의 반복을 피하고, 한국 독자들에게 보다 다양한 이론적 접근을 소개하기

---

1) 이론가가 초기의 입장을 바꾸거나 포기하는 경우도 존재한다. 현재 사회과학고등연구원(EHESS)에서 진행되는 렌하르트의 강의는 문학사회학과는 무관한 것이고, 피에르 지마는 문예학으로 방향을 바꾸었다.

위해서였다.[2]

   필자가 프랑스 학자들의 분류를 위해 참조한 것은 2000년에 출간된 폴 디릭스(Paul Dirkx)의 《문학사회학》이다. 이 자리를 빌려 본 저서의 저술을 위해 폴 디릭스의 책자를 추천해 준 알랭 비알라에게 감사드린다. 알랭 비알라의 문학사회학 세미나 역시 폴 디릭스와 동일한 분류를 채택하고 있다. 알랭 비알라나 폴 디릭스의 작업이 현지의 문학사회학인 만큼 단순히 이론의 소개를 넘어서는 보다 비판적 접근이라면, 여기서는 각각 이론들의 핵심을 소개하는 것에 더 비중을 두었으며, 이론들 내부의 난해하고 세부적인 신조어에 집착하는 대신 각 이론의 정수라고 할 수 있는 것을 보여 주는 것으로 만족했다. 다만 부르디외의 문학장의 경우 아직 한국에서는 생소한 이론이라는 판단 아래 여러 하위 개념들에 지면을 할애했다.

   폴 디릭스 《문학사회학》에서 문학사회학의 역사와 문학사회학이 맞닥뜨려야 하는 근본적인 문제, 문학과 사회학이라는 두 분과 사이의 갈등을 잘 지적하고 있다. 프랑스 문학사회학이 문학에 주안점을 두는 〈문학 속의 사회〉로, 혹은 사회학에 더 관심을 갖는 〈사회 속의 문학〉으로 흘렀던 것은 결국 문학과 사회학의 두 분야의 방법론을 만족시켜야 하는 문학사회학의 숙제가 결코 만만치 않음을 잘 보여 준다. 그러나 인문학이 노리는 것은 갈등과 문제들을 이의의 여지없이 말끔하게 정돈한 완결된 해결책이 아니다.

---

   2) 에스카르피를 중심으로 한 보르도학파나 피에르 부르디외의 문학장 이론은 프랑스뿐 아니라 프랑스어권 지역들(벨기에 · 스위스 · 퀘벡)에서 활발하게 진행되고 있는 연구들이다.

인문학에서 정작 중요한 것은 갈등과 문제들에 대한 끊임없는 질의와 성찰의 작업이며, 이미 완성된 것처럼 보이는 기존의 이론에 대해 의구심을 갖고 회의하는 일이다. 테리 이글턴(Terry Eagleton)은 《문학이론입문》의 서문에서 영국의 경제학자 케인스(J. M. Keynes)의 말을 인용하면서 (문학) 이론을 안다는 것이 왜 중요한 일인가 말하고 있다. 케인스는 이론을 싫어하거나 이론 없이도 잘해 나갈 수 있다고 주장하는 경제학자들은 보다 낡은 이론에 사로잡혀 있을 따름이라고 말한 적이 있다. 이것은 문학도들과 비평가들에게도 해당되는 이야기이다. 문학이란 무엇인가, 그리고 문학과 사회는 어떤 관계를 맺고 있는가에 대해 우리는 모두 나름대로의 관념을 소유하고 있다. (문학은 사회와 전적으로 무관하다는 반역사주의적 순수문학론 역시 문학과 사회에 대한 하나의 표상에 불과하다.) 나는 여기서 소개된 여러 문학사회학 이론들이 독자들이 갖고 있는 문학과 사회에 대한 관계의 표상에 충돌하기를 열렬히 희망한다. 그래서 프랑스 문학사회학의 몇몇 이론들이 독자들이 갖고 있는 낡은 표상을 파괴하고, 또한 한국의 문학 독자로서의 독특한 논리가 문학 이론의 허점을 꼬집을 수 있는 비판적 수용이었으면 한다.

I

문학 속의 사회

〈문학 속의 사회〉는 문학 작품 속에 나타나는 여러 양상들을 토대로 문학과 사회와의 관계를 규명하고자 하는 문학사회학이다. 연구의 출발점은 작품 속에 나타난 사회 묘사일 수도 있고, 등장인물일 수도 있으며, 혹은 텍스트에 사용된 언어적 지표일 수도 있다. 마르크스주의 문학비평가 게오르그 루카치(György Lukács)로부터 커다란 영향을 받은 뤼시앵 골드만과 골드만의 제자 자크 렌하르트, 철학자 루이 알튀세(Louis Althusser)에서 영향을 받은 피에르 마슈레와 르네 발리바르, 그리고 클로드 뒤셰의 사회 비평과 피에르 지마의 텍스트사회학이 이 경향의 문학사회학에 속한다고 할 수 있다.

1. 뤼시앵 골드만

비극적 세계관

문학사회학이 프랑스 학계에서 독립적인 학문적 분야로 인정받게 된 데에 결정적인 역할을 한 인물은 뤼시앵 골드만이다. 1955년에 발표된 《숨은 신》은 문학사회학에 커다란 관심을 불러일으

켰고, 그 뜨거운 관심에 힘입어 골드만은 1959년 파리 고등연구
실천연구원(EPHE)에 문학사회학 세미나를 개설했다. 골드만은 또
한 1961년 벨기에의 브뤼셀자유대학에 문학사회학연구소를 창설,
기관 연구지를 발행하는 등 학계의 제도권 내에서 문학사회학의
틀을 마련하는 데 결정적인 역할을 했다. I장의 〈문학 속의 사회〉
(렌하르트 · 클로드 뒤셰 · 지마)는 모두 현대적 의미에서의 프랑스
문학사회학의 출발점을 골드만에게 두고 있다.

골드만의 《숨은 신》에 전개된 변증법적 문학사회학은 문학사회
학의 한 방법론을 보여 주는 동시에, 철학자로서의 골드만의 사상
과 밀접한 관계에 있다. 《숨은 신》의 사상적 토대는 무엇보다도
카를 마르크스(Karl Marx)적 가치 체계이다. 골드만은 계급 투쟁에
의한 마르크스주의적 역사 발전론을 하나의 진실로 받아들이고
있으며, 프롤레타리아 계급을 역사적 진보의 견인차로 간주하면
서 자유로운 인간 공동체의 실현은 공산주의 사회에서 개화할 수
있다는 사회 혁명론을 지지하고 있다.

《숨은 신》의 중심 사상은 텍스트 차원의 의미 구조는 현실 세계
의 일정 가치 체계를 담고 있다는 것이다. ("인간의 사실들은 언제
나 실천적 · 이론적 · 정서적 특성을 띤 포괄적인 의미 구조를 형성하
며, 이 의미 구조는 일정 가치들의 총체의 수락에 입각한 실천적 관
점에서만 비로소 실증적으로 연구될 수 있다."(골드만, 1992:7)) 골드
만은 변증법적 문학사회학을 제안하고 있는데, 그가 말하는 변증
법적 문학사회학이란 부분(텍스트, 문학이나 철학)과 전체(현실 세
계, 사회)의 왕복적인 고찰이라는 변증법적 사유에 의해 진실에 도
달할 수 있다는 이론이다. 그 대표적인 것이 작품의 생산자인 작
가 연구이다. 골드만은 작품을 작가의 전기로 환원하는 데 반대하
면서, 전체와 부분이라는 변증법적 사유에 의해 텍스트에서 개인

(작가)으로, 더 나아가 개인이 속한 사회 집단으로 전진하면서 부분을 전체에 통합시키고 우연적인 것을 본질적인 것과 연결시켜야 한다고 주장한다.[3]

세계관: 부분과 전체 사이를 중재하는 매개의 개념으로 골드만이 제시하는 것이 바로 이 세계관 개념이다. 세계관이란 한 그룹의 구성원들을 결집시켜 주고, 그럼으로써 그 그룹을 다른 그룹들과 구별시키는 사상과 감정과 열망의 총체를 의미한다. 세계관이란 한 사회 집단에 공통된 사고와 인식, 상상과 반응 양식을 일컫는 것으로, 그 집단의 이성적 판단을 결정하는 동시에 집단의 무의식 · 감수성 · 상상력 속에 깊이 각인된 것이기도 하다. 한마디로 세계관은 한 사회 그룹의 집단 의식이다. 골드만에 의하면 작품의 이해를 가능케 하는 것은 작가라는 개인의 차원이 아니라 작가가 속한 사회 그룹의 차원이다. 특히 문학사적으로 중요한 작품의 경우, 골드만에 의하면 그것이 위대한 작품인 까닭은 작가의 개인적 감수성을 초월하는, 작가가 속한 사회 계급의 세계관을 잘 표현했기 때문이다. 집단 의식은 집단에 속한 위대한 시인이나 사상가 같은 예외적인 개인의 정신적 작품을 통해서 개념적 · 감각적 명증성의 최대치에 도달한다. 예외적 개인만이 그가 속한 집단 의식의 완전한 통일성을 성취하거나 혹은 그 근사치에 다가가는데, 그 통일성의 표현이 개념적인 측면에서 이루어지느냐 아니면 상상적인

---

3) 다음에 보게 되겠지만 라신 분석에서 골드만은 라신의 일부 극작품만 다루고 있다. 라신은 비극 이외에도 많은 글을 남겼으며, 그의 포르루아얄 스승인 얀세니스트들에 대립하는 논쟁적인 글을 쓰기도 했다. 또한 라신은 훗날 왕을 수행했던 왕실의 연대기 작가로 일하기도 했다. 방법론적인 측면에서 골드만은 총체성을 강조하고 있지만, 라신을 분석하는 데 있어서 비극 작품만, 그것도 일부의 비극 작품만 선택해서 마치 그것이 라신의 모든 활동을 대변하는 것처럼 취급하고 있는 점은 비판의 대상이 되었다.

측면에서 이루어지느냐에 따라 철학가(파스칼) 혹은 문학 작가(라신)가 된다는 것이다.

골드만에게 있어서 세계관이란 어디까지나 연구가가 분석의 필요를 위해 도입한 개념일 뿐, 역사적으로 실존한 한 사회 집단의 의식을 완벽하게 재현할 수 있는 것은 아니다. 세계관 개념이란 우수한 사상적 저술이나 예술 작품이 집단 의식에 대한 최대치의 이해를 보여 줄 수 있다는 가정에서 출발해서, 그 작품을 탄생시킨 작가를 가로질러 작가가 속한 사회 집단과의 관계 속에서 작품을 분석할 수 있게 해주는 개념적 도구이다. 즉 인간의 정신적 작업(철학과 문학)과 그 인간이 속한 사회 집단 혹은 사회 계급(사회경제적 토대) 사이의 관계를 파악하게 해주는 매개적 개념인 것이다.

《숨은 신》에서 골드만이 다루고 있는 사회 집단은 17세기 프랑스 얀세니스트와 얀센주의이다. 얀센주의란 네델란드 사람 코르넬리우스 얀센(Cornelius Jansen)에 의해 파급된 것으로 17세기 프랑스에서 활발하게 일어났던 신학 운동을 일컫는다. 얀센주의는 인간의 자유 의지를 부인하고 신의 은총의 예정 불가론을 주장했다. 얀센주의에 의하면, 인간은 신 앞에서 낮은 존재이고 전적으로 창조주에게 종속한다. 따라서 신에 의해 인간이 은총을 받을 수 있는가의 문제는 전적으로 신에 속한 것이고, 신은 인간의 의지와 무관하게 은총을 베푼다. 원죄 이후로 신이 개입하지 않은 인간의 의지란 오직 악을 행할 뿐이며, 신의 은총만이 현세의 삶보다 천상의 삶을 선호하게 만들 수 있지만, 신의 은총은 모든 사람에게 주어져 있지 않고 인간은 자신이 신의 은총을 입게 될지 결코 알 수가 없다. 따라서 얀센주의는 가톨릭 교회에 의한 죄의 회개에 대해 적대적이었고, 교회의 성사(聖事)를 쉽사리 간주하는 태도나 모럴의 해이를 엄중하게 비난하는 종교적 엄격주의가 그 특징이다. 프랑스에서 얀센주의는 앙투안 아르노(Antoine Arnauld)에 의해 열렬히 옹호되었으며, 포르루아얄 수도원을 통해 프랑스 사회로 활발하게 퍼져 나갔다. 프랑스에서 얀센주의는 로마 교황이 행사하는 권위에 맞서 프랑스 교회의 상대적 독립성을 주장하기도 해서 성무를 프랑스어로 본다거나 신약을 프랑스어로 번역하고자 하는 등 프랑스 교회 중심적 성격을 띠었을 뿐 아니라, 유럽에 있어서 기독교의 승리를 절대적인 목표로 내걸며 절대 왕정이 주장하는 신의 대리인으로서의 왕권에 대해서도 회의적인 신학 운동이었다. (얀세니스트들은 절대 왕정에 대립한 프롱드 운동에 가담하기도 했다.)

골드만에 의하면 얀세니스트의 세계관은 본질적으로 비극적이며 분열되어 있다. 얀세니스트들은 세상을 고통과 위험에 가득 찬 부조리한 공간으로 인식한다. 왜냐하면 세상은 그들 가치 체계의 기반을 형성하는 것(신)과의 만남을 잃어버렸기 때문이다. 독실한 기독교주의자인 얀세니스트들에게 있어서 신이 존재한다는 것은 의심할 수 없는 절대적 진리이다. 그러나 세상은 기독교적 신성을 구현하는 자리가 아니라 현세적 가치가 지배하는 곳이다. 따라서 신이 존재한다는 믿음으로부터 얀세니스트들은 일체의 현세적 가치를 평가절하하고 세상의 실재성(實在性)을 부인할 수밖에 없다. 그러나 유일신이 존재할 것이라는 그들의 믿음을 증명해 줄 구체적이고 명확한 증거란 보이지 않는다. 인간은 그가 마주 대하고 있는 현세 이외의 다른 현실을 알지 못하며, 세상 속에서 신의 모습은 찾을 수 없기 때문이다. 신은 인간으로서 더 이상 접근이 불가능한 존재가 되고 만 것이다. 합리주의자들에게 있어서 공간의 무한함이 신의 위대함의 표지였다면, 파스칼에게 있어서 "무한한 공간의 영원한 침묵은 두렵기만 할"(골드만, 1992:44) 뿐이다. 따라서 얀세니스트들의 세계관이란 비극적 세계관이다. 그들이 생을 산다는 것은 신의 모습을 찾을 수 없는 세상 속에 산다는 것으로, 그것은 '세계에 참여하지도 않고 관심도 갖지 않은 채 세계 안에서 사는 것'이 되기 때문이다. 세상을 긍정할 수도 부정할 수도 없는, 이 세계 내에서 살면서 이 세계 자체를 거부해야 하는 것이다. 믿음 속에서는 존재하지만 세상 속에서는 부재한, 존재하지만 모습을 감춘 신, 파스칼이 《팡세》에서 부르고 있는 신은 바로 '숨은 신'이다.

골드만은 얀센주의의 유파를 네 가지로 분류하는데, 그 중 중요한 두 가지 경향은 다음과 같다. 첫째는 세계를 일방적으로 거부하면서 동시에 신에게 호소하는 일을 잊지 않는 비교적 온건한 얀센주의로, 이것은 아르노에 의해 대변된다. 아르노의 얀센주의에 따르면 세상은 선택을 받은 자와 은총에서 제외된 자로 나뉘져 있다. 은총에서 제외된 자는 원죄에 이어 자연스럽게 죄를 저지르고, 선택을 받은 자는 신의 정의로움과 자비심을 증거한다. 그러나 어떠한 것도 신이 계속 그들에게 은총을 베풀 것이라고 주장할 수 없다. 똑같이 1명의 인간이 신의 은총을 받은 의인(義人)에서 갑자기 전락된 위치로 떨어질 수 있기 때문이다. 인간은 신의 뜻을 결코 알 수 없는 것이다. 그러나 의인은 신이 그에게 부여한 이성을 통해 성서와 교부가 말하는 진실과 선에 접근할 수 있는 만큼 의인의 역할은 진실과 선을 위해 원죄와 투쟁하는 일이다. 즉 비록 인간이 신의 의지를 파악하는 것이 절대적으로 불가능하다 할지라도, 인간은 신이 주신 이성을 통해 선과 악을 판별하고 세상 속에서 행동해야 한다는 것이 아르노의 입장이다. 따라서 아르노에 의하면 사회적·정치적 현실에 참여하는 것과 기독교인으로서의 자질 사이에 근본적인 대립은 존재하지 않는다. 이처럼 진실과 선을 위한 세계 내에서의 투쟁 가치를 인정하고, 그 투쟁 속에서 신의 의지에 부합하기 위해 노력해야 하는 것이 아르노적 얀센주의이다.

골드만이 주요하게 다루는 얀센주의의 또 다른 양상은 바르코스(Barcos)의 얀센주의이다. 바르코스의 얀센주의에 의하면, 신은 완전히 세상을 버렸으며, 가톨릭 교회가 세상의 일부라는 의미에서 신은 교회 또한 버리고 말았다. 따라서 가톨릭 교회의 틀 속에서 사는 것은 진정한 기독교인으로서 사는 것이 아니다. 진정한 기독교인이라면 세상을 등지고, 속세의 삶에 개입하는 교회의 어떠한 활동에도 참여하지 않아야 한다. 이처럼 바르코스는 신을 세상에 대립시키고, 법과 제도의 가치를 부인하며, 세상과의 일체의 타협과 참여를 거부한다. 오직 고독 속에 은거하면서 신에게 헌신하는 삶을 찬양하는 극단적 형태의 얀센주의이다.

얀센주의에 대한 골드만의 접근은 두 가지 방향에서 진행된다. 첫째는 철학가로서의 입장이고, 두번째는 문학사회학자로서의 주장이다.

철학적 주장: 철학자로서의 골드만은 얀세니스트들의 비극적 세계관을 합리주의와 경험적 회의주의에서 헤겔(G. W. F. Hegel)의 변증법적 관념론과 마르크스의 변증법적 유물론으로 이행하는 중간 과정으로 보고 있다. 과거에 "공간과 공동체의 언어는 근본적으로 신의 말씀"(골드만, 1992:41)이었다. 그러나 데카르트(René Descartes)의 합리주의는 신의 유일한 기능을 세계의 합리적 기계론에 최초의 동인을 제공하는 것으로 제한한다. 이것은 인간 정신사에 있어서 중세 서구를 지배했던 신과 인간 사이의 밀접한 연결고리를 해체하는 결과를 낳았고, 이러한 움직임은 19세기에 들어서구 사회에서의 부르주아 자본주의의 발전으로 완성된다.

골드만에 의하면 합리주의와 경험주의에 의한 신의 거세는 다만 종교적 의미에서의 신의 죽음을 의미할 뿐 아니라 진실한 도덕성의 죽음을 의미한다. 왜냐하면 과거에 있어서 신의 개념이란 종교적 숭배의 대상일 뿐 아니라 공동체적 정의와 도덕의 상징이기도 했기 때문이다. 이처럼 경험주의와 합리주의로 대변되는 개인주의적 사고의 발전은, 개인을 지켜 주는 동시에 개인을 초월하는 규범을 제공할 수 있는 모든 존재론적 실재(신)를 제거함으로써 '공동체'와 '우주'의 개념을 '고립된 개인'과 '무한한 공간'이라는 개념으로 대체하고 말았다. 공동체적 가치는 개인의 단자적 가치로 축소된 것이다. 합리주의적 물리학은 스콜라 철학자들이 자연에 부여했던 모든 동물적 영혼·힘·원리를 제거했고, 합리주의적 기계론은 지적이고 기술적인 방법으로 세계를 정복할 수단을 제공했지만, 인간과 사물은 이성적·합리적 사고의 '대상'으로 전락하여 존재론적·윤리적 질의에 직면하게 되었을 때 '벙어리'가 되고만 것이다.

골드만의 관점에서 볼 때 17세기 얀센주의 운동은 이러한 합리주의적 사유에 근본적으로 반기를 든 운동이다. 왜냐하면 얀센주의의 비극적 세계관은 경험주의와 합리주의의 무도덕하고 무종교적인 시대가 지난 후에 종교라는 단어를 개인을 초월하는 가치의 총체, 즉 '믿음'으로 받아들이면서 다시 도덕과 종교로 되돌아오고자 했기 때문이다. 그리고 골드만이 얀센주의의 모순을 극단까지 밀고 나간 인물로 제시하는 이가 《팡세》의 저자 파스칼이다. 골드만에 의하면 1654-1657년 동안 파스칼은 아르노적 의미의 얀세니스트라고 할 수 있다. 이 시기 파스칼은 예수회 교도에 맞서 얀센주의를 변호하는 논쟁적 성격의 글 《시골 친구에게 쓴 편지》를 발표하면서 진정한 신앙의 승리를 위해 세상 속에서 투쟁했던 것이다. 그러나 1657년 이후 《팡세》의 집필이 시작되면서 이러한 입장에 변화가 일어난다. 파스칼은 여전히 얀세니스트였지만 이 시기를 기점으로 점차 아르노적 얀센주의와 멀어지는데, 그렇다고 해서 바르코스적 얀센주의를 보여 주는 것도 아니다. 골드만은 파스칼의 입장을 데카르트·아르노·바르코스의 입장과 어떻게 다른지 다음과 같이 설명하고 있다.

합리주의 철학자 데카르트에게 있어서 사고란 그 자체로 진실을 아는 데 적합한 것이다. 따라서 문제는 순수하게 지적이고 의지적인 차원일 뿐이다. 즉 자유사상가를 개종시키는 것은 그에게 정확하게 생각하는 법과 데카르트적 추론이 갖는 명증성을 보여 주면 된다. 바르코스에게 있어서는 오히려 그 반대로 지적인 확신과 신앙 사이에는 커다란 거리가 있다. 사고란 본질적으로 부패한 것으로 사고에 의해 진실을 아는 것은 불가능하다. 오직 신앙만이 정확하게 생각할 수 있게 해줄 수 있다. 따라서 자유사상가가 그 자신의 힘으로 진실을 발견하고 신앙에 이른다는 것을 불가능하다. 왜냐하면 진실을 알기 위해서는 무엇보다도 신앙이 필요하기 때문이다. 개종이란 신이 내리는 은총의 결과일 수밖에 없으며, 그 은총을 얻기 위해 인간이 할 수 있는 것은 오직 기도뿐이다. 죄인과 자유사상가·이교도를 개종시키기 위해서 기도할 수 있지만, 호교론(그것이 종교 일반에 관한 것이든, 아니면 신교도에 맞서 가톨릭을 변호하기 위한 것이든, 아니면 로마의 결정에 대항하여 얀세니스트들을 변호하는 것이든)을 쓴다는 것은 신의 뜻을 위배하는 것이자 심지어는 신성을 해치는 것이기도 하다. 이와 달리 아르노는 호교론을 쓸 수 있다는 것은 인정하지만, 그 호교론이 자유사상가나 이교도들에게 실제로 영향을 줄 수 있다고는 생각하지 않는다. 그는 이성의 영역과 이성을 초월하는 영역을 구분하면서, 인간은 인간인 이상 시도하고 행동할 수 있지만 결국 신의 은총만이 인간의 의도를 완성시킬 수 있다고 보았다.

파스칼의 사상은 위 세 사람과는 다르다. 데카르트와 달리 파스칼은 지적인 확신은 행동으로 이끌어 가는 데 충분하지 않다고 보고 있다. 세상과의 타협과 투쟁의 가능성을 고려하는 아르노와는 달리 《팡세》의 저자로서의 파스칼은 더 이상 그런 가능성에 가치를 두지 않는다. 그렇다면 《팡세》의 얀센주의는 바르코스의 얀센주의와는 어떤 차이를 갖는가?

바르코스에 의하면 기독교인에게 있어서 무질서란 세상에 존재하는 유일한 질서일 수밖에 없다. 따라서 기독교인이라면 세계 속에서의 일체의 노력에 대해 어떠한 신뢰도 어떠한 가치도 부여해서는 안 된다. 바르코스는 세상에 대해 단호하게 '아니다(non)'라고 단언하고 있다. 그러나 파스칼은 불확실성과 모순의 개념을 신에게까지 확장시킨다. 그에게 있어서 신은 가슴으로 느낄 수 있는 존재일 뿐, 신의 존재란 인간에게 있어서 확실한 동시에 불확실한 현존이자 부재한 희망, 달리 말하면 하나의 내기(pari)이다. 바르코스가 불충분한 세상을 일방적으로 거부한다면, 파스칼이 볼 때 세상이란 그런 극단적이고 일방적인 거부의 대상일 수만은 없다. 파스칼에게 있어서 신은 타락한 세상에서 철저하게 숨은 신으로 남아 있지만, 인간이 절대성과 순수성을 지향하는 그의 인간성을 확인하게 되는 것은 이 부패한 세상을 정면으로 바라봄으로써 가능하기 때문이다. 바르코스의 입장이 이원론이라면, 파스칼이 바라보는 세상은 신이 부재한 부정적 장소(non)인 동시에 '숨은 신'을 찾아가는 인간의 도덕적 갈망이 탄생하는 것도 이 부패한 세상 속이라는 의미에서 긍정적 공간(oui)이기도 하다. 바르코스가 세상을 거부하고 고독 속에서의 은둔을 택한다면, 《팡세》의 저자는 세상 속에 살면서 세상을 거부한다는, '세계 내적인 세계의 거부'라는 비극적 선택을 통해 견딜 수 없는 긴장감을 초인적으로 살아내는 가장 불가능한 모순의 통합을 시도하고 있는 것이다.

그러나 파스칼의 비극적 세계관, 즉 '영원성과 초월적인 신의 존재에 거는 비극적인 내기'는 합리주의적 이성의 원자론적이고 기계론적인 세계를 새로운 공동체와 새로운 우주로 대체할 수 있는 사고를 제공한 것은 아니었다. 골드만에 의하면 헤겔·마르크스·루카치의 변증법적 사유에 이르러서야 비극적 세계관을 이해하고, 그것을 극복해서 더 상위의 층에 그것을 통합시킬 수 있었다. 따라서 경험주의적·합리주의적 사유 양식에 이의를 제기했으되, 헤겔과 마르크스의 '역사적이고 인간적인 미래에 거는 내기'에 도달하지 못한 얀센주의의 비극적 세계관은 인간 정신사의 발전 과정의 한 단계에 위치하며, 파스칼의 작품은 서구 사상사에서 합리주의적 혹은 경험주의적 원자론으로부터 변증법적 사유로 옮아가는 커다란 전환점을 이룬다는 것이 골드만의 철학적 주장이다.

문학사회학적 접근: 위와 같은 사상적 배경을 토대로 전개되는 골드만의 문학사회학 방법론은 어떤 것인가? 골드만은 종교적 범주의 얀세니스트는 사회경제적 차원에서는 법복 귀족이라는 가설을 제시한다. 법복 귀족이란, 지방의 귀족 세력들과 갈등 관계 속에서 발전하던 프랑스 왕정이 절대 왕정으로 기반을 잡기까지 다른 귀족 세력들을 견제하기 위해 끌어들인 사회 집단이다. 앙시앵 레짐(프랑스 절대 왕정 체제)의 발전은 지방 봉건 영주들과의 계속적인 투쟁에서 성취된 것이다. 그러나 충분한 재정도 또 필요한 관료 기구나 군사 기구도 갖고 있지 않았던 왕정은 제3신분(귀족도 성직자도 아닌) 부르주아와 결탁하여, 매관매직에 의해 일부 부르주아를 귀족으로 서품시키고 왕국의 제정이나 법 집행을 담당하

게 한다. 이렇게 탄생된 법률가들과 행정관들이 법복 귀족으로서, 이들은 혈통적 귀족이 아닌 제3신분 출신이지만 왕에 대한 충성을 맹세하고, 막 태어나기 시작하는 절대 왕정의 주요 통치 조직을 점하게 된다. 17세기 초반 프랑스 왕정은 이런 식으로 재정을 살찌우며 왕정과 경쟁적인 위치에 있던 지방 봉건 영주들과의 투쟁을 성공적으로 이끌 수 있었고, 또 제3신분은 관직을 통해 권력의 핵심에 접근하게 되었다.

그러나 프랑스 왕정이 일단 절대 왕정을 이루고 나자, 법복 귀족은 갈등적인 상황에 직면하게 된다. 절대 왕정을 확립한 프랑스 왕정은 전문 행정가(commissaires)와 행정 감독관(intendants)을 통해 자체 행정 조직을 확대시키고, 이들은 왕의 직접적 대리인으로 등장하면서 뚜렷한 사회적 지위를 확보하게 된다. 절대 왕정이 성립될 때까지 왕권 확대에 기여한 법복 귀족의 사회적 위치를 침식하기 시작한 것이다. 또한 귀족 계급에 대한 왕정의 절대적 우위를 확인하게 된 절대 왕정에 들어서자, 프랑스 왕실은 전통적인 귀족 계층인 대검 귀족(noblesse d'épée)을 궁정 귀족(noblesse de cours)으로 변화시키면서 왕정과 귀족과의 결탁을 시도한다. 이 과정에서 과거에 권력의 중심에 있었던 법복 귀족들은 예전과 같은 대우를 받지 못한다는 생각에서 권력과의 단절감·배신감을 느끼기 시작한다. "법복 귀족들은 이제 자신들에게 명백히 비우호적으로 변한 왕의 새로운 노선에 실망과 분노를 느끼지만 그럼에도 이 왕권에 대하여 적대적으로 돌아서지는 못한다." 비록 그들에게서 조금씩 권력을 걷어내고는 있지만 절대 왕정이야말로 그들에게 행정직을 제공함으로써 그들의 사회경제적 토대를 확보해 주고 있었고, 또 이데올로기적으로 볼 때 매직을 통해 귀족의 자리에 올라간 법복 귀족에게는 "왕권이 사라진다면 법복 귀족의 사회적 존재도 존재

기반을 잃을" 수밖에 없는 상황이기 때문이다.(홍성호, 1995a:65) 법복 귀족에게 있어서 왕은 얀세니스트에게서의 숨은 신만큼이나 '가까이할 수 없는 당신'이 되어 버린 것이다.

골드만에 의하면 17세기 법복 귀족이 왕권과 빚은 정치적·사회적 갈등은 얀센주의의 비극적 세계관과 '구조적 친족성'을 형성한다. 절대 왕정에 대한 유착과 반항심이라는 이중적인 감정을 낳은 법복 귀족들의 경제적·사회적 상황은 형이상학적 차원에서 세상에 대한 본질적인 허망함과, 고독과 은거 속에서의 구원이라는 비극적인 얀센주의 이데올로기과 상동 관계를 이루고 있다. 사회경제적 측면에서 법복 귀족의 위기감을 표현하는 '멀어지는 왕'은 종교적 차원에서 비극적 세계관이라는 정신적 갈등으로 나타난다는 것이다. 그리고 이 비극적 세계관은 철학에서는 파스칼에 의해, 문학에서는 장 라신(Jean Racine)에 의해 가장 잘 구현된다.

라신에 접근하는 데 있어서 골드만은 먼저 드라마와 비극을 구별하고 있다. 비극이 세상과 삶에 대한 절대적 거부로 특징지어진다면, 드라마는 세상과 일말의 타협 가능성을 담고 있다. 권력의 중재나 신성의 개입에 의해 비극적 상황이 초월되면 그것은 드라마가 된다. 이와 반대로 비극적 인물의 위대함은 세상에 대한 거부로서, 인간의 절대적 고독과 세상과의 대화 불가능성이 비극의 본질적 특성이다. 유사한 주제를 다루고 있는 《미트리다트》와 《페드르》는 비극과 드라마의 차이를 뚜렷하게 보여 준다. 왕이 왕국을 비운 사이 왕비 혹은 왕의 약혼녀는 왕의 아들을 사랑하게 된다. 왕이 죽었다는 헛소문이 돌자 여자는 자신의 사랑을 고백하는데, 그리고 나자 왕이 돌아온다. 《미트리다트》는 자신에 대한 아들의 충성을 확인한 왕이 두 사람을 맺어 줌으로써 드라마가 되고, 《페드르》에서는 거부당한 사랑으로 잠시 이성을 잃은 여주인공이 왕자가 자신을 겁탈했다고 거짓말을 함으로써 비극으로 종결된다.

골드만에 의하면 라신의 초기 극작품 《앙드로마크》·《브리타니퀴스》·《베레니스》는 거부의 비극으로, 여기서의 주인공들은 타락한 세상에 대해 시종일관 일체의 타협을 거부한다. 반면에 《바자제》·《미트리다트》·《이피제니》는 세계 내적 드라마로서, 신 혹은 절대적 권력의 인물이 사건에 개입한다. 위의 극들보다 나중에 발표된 《페드르》는 비극은 비극이되 '반전과 인지(認知)가 있는 비극'으로, 거부의 비극과는 다른 층위에 속하는 비극이다. 거부의 비극의 등장인물들이 엄격한 인식 아래 처음부터 세상을 거부하고 있다면, 페드르는 아무런 양보도, 아무런 선택도, 아무런 타협도 하지 않고 그러나 세상 속에서 살고자 하는 희망을 안고 있다. 그녀는 《팡세》의 파스칼처럼 '세계 내적인 세계의 거부'를 보여 주고 있는 것이다. 그러나 종국에 이르러 페드르는 이 희망이 필연적으로 환각에 지나지 않음을 깨닫고 자살을 선택한다. 골드만에 의하면 페드르는 타락한 세상에서 세상을 거부하며 산다는 것이 불가능하다는 것을 인지하는 비극적 인물을 구현하고 있으며, 골드만은 바로 이런 점에서 《페드르》야말로 라신 비극을 집약적으로 표현하고 있다고 주장한다. 《페드르》 이후에 나온 《에스테르》와 《아탈리》는 비극이 아니라, 신이 세상사에 구체적으로 개입하는 신성 드라마이다. 거기서 신은 승리에 가득 찬 모습으로 등장한다.

다음의 도표는 라신 작품의 얀센주의의 여러 경향을 보여 주고 있는데 각각의 작품 창작은 얀세니스트들과 왕정 사이의 시대적 갈등을 상징적으로 구현한다.

얀센주의 운동과 세계와의 관계	라신 비극의 주인공 세계와의 관계
1666-1669 타협의 거부 (바르코스의 극단주의적 입장)	1667 앙드로마크 1669 브리타니퀴스　거부의 비극 1670 베레니스
1669 교회의 적대 행위 금지령 (아르노의 중도적 입장)	1672 바자제 1673 미트리다트 세계 내적 드라마 1674 이피제니
1675 박해의 재개 1676 아르노의 구금	1677 페드르 　　반전과 인지가 있는 비극
1689 신성을 위한 세계 내에서의 투쟁	1689 에스테르 1691 아탈리　　신성 드라마

(홍성호, 1995a:74)[4]

《앙드로마크》·《브리타니퀴스》·《베레니스》 같은 거부의 비극은 1669년 이전의 바르코스적인 극단적 얀센주의가 보여 준 은자적 독트린을 문학적 차원에서 구현하는 작품이다. 이 작품들은 세상에 대한 절대적인 거부로 특징지어진다. 《바자제》·《미트리다트》·《이피제니》와 같은 세계 내적 드라마는 아르노적 얀센주의를 표현하는 작품으로, 세상과의 일정 부분 타협이 가능한 세계이다. 그리고 이 작품들이 발표된 1669-1675년은 얀세니스트들이 지배 세력과 상대적인 화해 국면에 들어간 시기이기도 하다. 이 다음에 출현한 《페드르》는 페드르라는 여인의 오류와 환상의 비극을 보여 주는 동시에, 1675년부터 개시된 박해(아르노의 구금)로 인해 반전과 인지의 비극에 놓인 얀세니스트들의 입장을 구현하는

---

4) 홍성호의 도표는 세계 내에서의 투쟁을 1669년이라고 쓰고 있다. 우리는 인쇄상의 오류인 듯한 이것을 정정했다.

것이기도 하다. 《페드르》는 얀세니스트들의 비극적 상황을 극화한 것이고, 얀세니스트들과 가깝게 지냈던 라신의 비극적 문학성은 이 작품에서 절정에 달한다. 이처럼 골드만에 의하면 라신 작품들의 성격은 포르루아얄의 얀세니스트 그룹이 당시 루이 14세 왕정과 맺고 있는 다양한 관계와 연관되어 있다. 이 관계가 작가의 눈에 갈등적인 것이거나 어떠한 화해의 가능성도 존재하지 않을 때 라신 작품은 진정한 비극이 되고, 화해가 가능한 것처럼 보일 때는 드라마적인 경향을 띠게 된다. 골드만은 작품과 작가가 속한 사회 집단 사이에 세계관이라는 매개적 개념을 도입하면서, 작품이 표현하는 형이상학적 갈등은 사회경제적 갈등의 문학적 버전이라는 문학 생산과 사회와의 관계를 설명하고 있는 것이다.

골드만이 이러한 그의 이론에 '발생론적 구조주의'란 이름을 붙인 것은 《숨은 신》(1955)에서가 아니라 1960년대의 일이다. 이 시기 커다란 지적 유행이 되었던 구조주의의 부상 때문이리라. 《숨은 신》에서 골드만은 신학적인 것과 사회정치적인 것, 철학적인 것과 문학적인 것 사이의 관계를 '구조적 친족성'이라 부르는 것으로 만족하고 있었다. '발생론적 구조주의'라는 명칭에 따르자면 골드만의 이론은 전체와 부분 사이의 왕래를 통해 텍스트의 의미 있는 구조들과, 작가가 속한 사회 그룹의 집단 의식의 의미 있는 구조들 사이의 상동성을 규명하고, 더 나아가 사회경제적 하부 구조의 모순이 상부 구조 차원에서 어떻게 발현되는가를 설명해 주는 이론으로 설명될 수 있다. 즉 특정 사회의 구조(법복 귀족의 갈등적 상황)가 일정 양식의 사고와 감수성(세계관)을 발생시키고, 또 그 사고와 감수성이 작품(문학과 철학)을 발생시키는 방법론으로 파악될 수 있다.

소설사회학

《숨은 신》의 분석 대상이 얀센주의 철학과 17세기 비극이었다면, 1964년에 출간된 골드만의 《소설사회학을 위하여》의 연구 대상은 현대 소설이다. 《소설사회학을 위하여》에서 골드만은 《숨은 신》과는 매우 상이한 입장을 보여 주고 있으며, 더 나아가 모순적인 태도를 보이기도 한다. 그는 문화 창작에 적극적인 집단은 특정 사회 계급이다라고 하며 집단 의식을 강조하는 한편, 소설이란 특정 사회 집단의 집단 의식을 반영하는 것이 아니라 예외적 존재의 개인적 반항이다라고 말하고 있는 것이다. 집단 의식과 세계관 개념을 언급하기는 해도 구체적인 작품 분석에 거의 사용하고 있지 않은 것 또한 골드만의 문학사회학이 자체적 모순에 직면했음을 보여 주는 징후라고 할 수 있다.

일관성 있게 유지되는 것은 골드만의 마르크스주의적 입장이다. 그러나 마르크스주의적 입장을 견지하기는 하지만, 그것은 더 이상 프롤레타리아 혁명의 가능성을 믿지 않는 마르크스주의이다. 《소설사회학을 위하여》의 골드만은 20세기 후반의 서구 프롤레타리아 계급은 혁명 세력으로 부상하기는커녕 오히려 현실에 동화되었다고 보고, 역사 발전의 동인으로서의 프롤레타리아 계급의 역할에 회의적인 반응을 보이고 있다.

《소설사회학을 위하여》의 주요 개념은 마르크스의 정치경제학에서 차용한 '사용 가치'와 '교환 가치'이다. 골드만에 의하면 인간과 상품 사이의 자연스럽고 바람직한 관계는 생산이 소비되는 물건의 본유적 자질, 즉 물건의 '사용 가치'에 의해 의식적으로 지배될 때 나타나지만, 현대의 시장 생산을 특징짓는 것은 '사용 가치'가 아니라 '교환 가치'(화폐 가치)이다. '사용 가치'가 경제 현실의 매개적 가치인 '교환 가치'로 치환됨에 따라 인간의 의식과 생산 관계 속에 갈등이 자리잡게 된다. 사물의 질적 측면과 인간의 진실한 가치는 소멸되고 매개된 가치·수량화된 가치가 지배력을 행사하게 됨에 따라, 사물과 인간 사이 그리고 인간과 인간 사이의 관계는 타락한 관계로 전락했다는 것이다.

루카치와 르네 지라르(René Girard)를 인용하면서 골드만은, 이러한 상황에서의 소설이란 "타락한 사회에서 타락된 형태로 진정한 가치를 추구하는 이야기"(골드만, 1995:35)라고 정의한다. 비록 현대의 경제 생활이 전적으로 교환 가치, 타락된 가치를 신봉하는 사람들로 이루어진다 하더라도 그들 중 사용 가치를 지향하는 소수의 개인들이 존재하는데, 바로 이런 사람들이 교환 가치가 지배하는 사회에 문제를 제기하는 예술가와 작가가 된다. 따라서 소설 형식이란 질적 가치를 추구하는 문제적 개인들이 질적 가치가 수량화된, 즉 사용 가치가 교환 가치로 치환된 타락된 사회를 표현하려는 노력으로 정의될 수 있다.

소설과 소설가에 대한 이러한 정의는 《숨은 신》에서 표현된 문학 작품의 집단적 생산자로서의 사회 그룹의 존재를 부인하는 개념이라고 말할 수 있다. 골드만은 소설 형식이란 본질적으로 비판적이며, 발전하고 있는 부르주아 사회에 대한 저항의 형식이라고 말한다. 그러나 그것은 마르크스가 희망했고 예견했던 계급 투쟁론을 구현하는 표현 형식이 아니며, 또한 지배 계급인 부르주아의 집단 의식의 표현도 아니다. 소설 형식은 어디까지나 시장 논리에 맞선 문제적 개인, 타락한 사회에 대립하는 비판적 개인의 저항이다. 《소설사회학을 위하여》에서 프롤레타리아 혁명 가능성에 회의를 표명한 골드만은 예술 작품의 생산자로서의 집단적 성격을 부정하고 있다.

마르크스적인 역사 발전론을 부정하기는 하지만, 골드만은 여전히 소설과 사회 사이에는 구조적 상동성이 존재하며 따라서 소설의 구조 분석을 통해 사회의 구조 분석에 도달할 수 있다고 주장한다. (물론 여기서 말하는 사회 구조와 문학과의 관계는 어디까지나 특정 사회 집단의 집단 의식을 고려하지 않은 관계이다.) 먼저 매개된 가치, 교환 가치가 등장하기 시작하는 초기 부르주아 사회에는 이에 반발하는 문제적 개인이 등장한다. 초기 부르주아 사회는 비록 시장 논리에 의해 지배된다 할지라도 자유주의적이고 개인주의적 가치(자유·평등·사유 재산권 등)가 아직은 보편적 타당성을 갖고 있는 사회로서, 이때 소설은 개인적 삶의 가치를 신봉하는 전기의 형태를 띠게 된다. 그러나 경제 생활이 변화하고 카르텔과 독점 기업에 의해 자유 경쟁 체제로 대체되면서, 개인주의는 점차 상실되고 소설에서 이것은 작중 인물의 개인성과 주인공의 소멸로 나타난다. 전기적 형식이 실종되고 집단적 현실과 공동체에 대한 새로운 개념(제도·가족·사회 집단)을 추구하는 소설들(조이스·카프카·사르트르·카뮈)이 그것이다. 그 다음 단계는 등장인물의 소멸을 하나의 기정 사실로 받아들이고 있는 누보로망이다. 알랭 로브 그리예(Alain Robbe-Grillet) 같은 소설가의 작품은 등장인물의 개인성이 개인주의적 가치는 아랑곳하지 않는 완전히 자율적 현실에 의해 대체된 상황을 묘사한다. 이 단계에서의 소설은 문제적 주인공과 개인적 전기를 대체하고자 하는 일체의 노력을 포기하고, 전통적인 소설적 주제의 부재와 개인의 의식을 뛰어넘는 파편화된 현실을 담고 있다.

골드만이 작품의 생산자로서의 사회 집단의 역할을 부인함으로써 집단 의식의 표상으로서 세계관이라는 매개 개념은 실종되었다고 할 수 있다. 소설사회학에 있어서 골드만이 말하는 상동성은 작품의 서술 구조와, 사회 집단으로 분화되지 않은 사회 전체 사이의 상동성이 되어 버렸다. 세계관의 보유자인 사회 집단 대신 예외적 존재로서의 문제적 개인, 작가를 내세움으로써 문학과 사회 사이의 유기적인 연결고리를 담당했던 매개 개념으로서의 세계관 개념의 역할은 설 자리를 잃어버린 것이다. 골드만은 문학 작품과 사회 현실 사이에 반영이 아닌 엄격한 상동 관계가 있음을 증명하려고 했지만, 과연 그의 소설사회학이 원래의 목적을 이루었는지에 대해서는 의문의 여지가 남는다.

그러나 작가는 출신 계급의 이해를 대변할 수밖에 없다며 작가의 출신 계급과 작품 생산 사이의 관계를 기계적으로 취급했던 교조적인 마르크스주의적 문학론을 벗어나, 문학 텍스트에 독자적인 위치를 부여함으로써 문학사회학 연구의 객관적 틀을 구축했다는 점에서 골드만은 진정 현대 문학사회학의 시조라고 할 수 있다. 골드만에 의해 문학사회학은 문학의 정치적 도구화를 주장하는 리얼리즘 위주의 선전문학과 결별하고 하나의 독자적인 학문적 바탕을 마련하게 되었던 것이다. 또한 1960년대 이후에 커다란 지적 영향력을 행사했던 반역사주의적 구조주의적 독법에 맞서, 텍스트를 폐쇄된 특권적 공간으로 간주하는 대신 작품 생산의 역사성과 사회성에 질문을 던졌다는 데 있어서도 골드만의 업적은 커다란 의의를 지닌다.

골드만의 소설사회학의 연장선에 있는 것이 자크 렌하르트의 《소설의 정치적 읽기》(1973)이다.[5] 이 저서는 1970년에 사망한 골

---

5) 자크 렌하르트, 《소설의 정치적 읽기》, 허경은 역, 한길사, 1995.

드만을 추모하기 위한 것으로, 렌하르트는 누보로망 소설가 알랭 로브 그리예의 작품을 통해 프랑스 식민주의 세계관과 부르주아 계급이 처한 모순을 다루고 있다. 렌하르트의 《소설의 정치적 읽기》는 골드만의 작업을 계승하는 동시에 또한 구조주의자 롤랑 바르트(Roland Barthes)에 의거하면서 로브 그리예 작품에 나타나는 계급의 문제와 글쓰기의 문제를 통합하려 하고 있다. 이처럼 골드만 이후의 문학사회학은 1960-70년대 프랑스 지성계를 강타했던 구조주의 언어학의 영향력을 벗어나지 못했다. 작가의 사망을 선고하고 연구가의 시선을 오직 텍스트에 한정할 것을 주장했던 롤랑 바르트의 입장에서 확연히 드러나듯, 구조주의 비평은 작품 연구에서 작가의 전기를 배제하고 오직 텍스트만을 연구 대상으로 삼으면서 텍스트의 미학적 내재성을 밝히는 것을 목표로 했다. 구조주의는 텍스트 중심주의로 특징지어질 수 있는데, 이러한 구조주의의 영향을 받은 골드만 이후의 문학사회학은 마르크스주의와 텍스트주의를 결합하려는 시도를 보여 준다. 텍스트의 내재성이 강조되고, 심지어 텍스트라는 용어가 작품이라는 용어를 대체하기에 이르는 것이다.(디르스, 2000:74) 《숨은 신》에 나타난 골드만의 분석이 작품의 내용과 테마에 의존하고 있다면, 다음에서 살펴보게 될 연구들이 작품의 형식, 특히 언어적 형식에서 출발한다는 것 역시 구조주의 언어학의 부상과 무관하지 않다.

2. 알튀세적 문학 접근

알튀세는 마르크스의 초기 저작과 후기 저작 사이에 중요한 인식론적 단절이 있다고 주장했던 마르크스주의 계열의 철학자였다.

마르크스를 이렇게 재해석한 알튀세의 연구에서 중요한 것은 이데올로기 개념으로, 그에 의하면 이데올로기란 구조화된 표상들의 체계이다. "이데올로기는 인간과 그들 세계와의 관계의 표현으로서, 그들의 현실적 관계와 그들의 현실적 존재 조건과의 상상적 관계의 중층 결정된 통합이다."(홍성호, 1995a:220) 알튀세의 이데올로기 개념은 정신 분석에서의 무의식과 같은 역할을 하는 것이다. 다시 말하면 현실에서 즉각적으로 드러나지 않지만 개인의 행동을 저변에서 결정하는 사고와 감성의 체계로서 작용한다. 즉 주체가 자신을 환상적인 일관성 속에 통합해 내는 표상들을 통해 사회적 불평등이라는 현실을 스스로에게 은폐하게 하는 것이 이데올로기인 것이다. 따라서 이데올로기는 사회 · 경제적 하부 구조에 대해 상대적으로 독립적이며, 인간들은 그들을 지배하고 있는 이데올로기에 대한 의식적 성찰 없이 이데올로기가 구조화한 표상들의 체계에 의해 자신의 정체성을 확보하면서 스스로를 주체로서 간주한다. "모든 이데올로기는 개인을 주체로서 호명한다"는 알튀세의 명제는 여기서 나온다.(홍성호, 1995a:221) 이데올로기가 부과하는 인간의 주체성이란 어디까지나 상상적 관계 속에 투영된 것이며 주어진 현실 조건에 부합되지 못하지만, 인간들은 이데올로기의 틀 속에서 스스로를 행동의 주체로 파악하는 오류를 범하는 것이다. 글럭스만(M. Gluksman)을 빌려 말하자면, 알튀세의 시각에서 "역사를 만드는 것은 인간이 아니다. 인간은 그 과정의 주체가 아니다. (…) 진정한 주체는 생산 관계들(정치적 · 이데올로기적 생산 관계들)이다. 그러나 이것들은 '관계'이기 때문에 그것들을 주체라는 범주 속에서 생각할 수 없다."(홍성호, 1995b:9) 알튀세는 이처럼 인간의 의지와 결정이 역사와 정치를 만든다는 인간중심주의 이데올로기, 주체성의 환상과 결별할 것을 주장했다.

마슈레의 발자크 연구

피에르 마슈레는 개인의 의도성이나 기획과는 독립적으로 작용한다는 알튀세의 이데올로기론을 문학 비평에 적용한 이론가이다. 마슈레는 발자크의 《농민들》[6]에 대해 두 편의 연구를 발표한 바 있다. 하나는 마슈레의 《문학 생산 이론을 위하여》(1966)라는 책에서이고, 다른 하나는 클로드 뒤셰의 《사회 비평》(1979)에 실린 논문 (〈발자크의 《농민들》에 나타나는 소설과 역사〉)인데, 여기서는 시대적으로 가장 최근에 씌어진 텍스트를 중심으로 살펴보기로 하자.

글의 서두에서 마슈레는, 발자크의 《농민들》은 발자크 자신과 마르크스와 엥겔스(F. Engels)가 작품에 부여하는 중요성에 있어서 매우 모순적인 작품이라고 지적한다. 마르크스와 엥겔스가 이 작품을 계급 투쟁적 성격을 띤 소설로 규정하고 커다란 가치를 부여했던 반면, 왕정주의자였던 작가 발자크는 이 작품을 통해 농민들의 음모에 의한 대지주의 사회적 몰락을 고발하고자 했기 때문이다. 발자크의 농민은 노동하지 않고 지주들을 약탈하거나 도둑질로 연명하는 존재로 묘사되어 있다. 민중들은 일신의 쾌락만을 추구하며 부자들에 대한 음모를 꾸미며 살아간다. 따라서 민중들이 비참한 생활을 한다면 그건 민중들이 나태하기 때문이다. 발자크의 농민은 더 이상 농민의 현실을 감수하는 존재가 아니라, 주인을 위해 성실히 일하기를 원하지 않고 오직 즐기기만을 원하는 존재이다. 이것이 혁명을 통해 권력을 쟁취하고자 하는 민중들의 위협적인 성격을 강조하고자 했던 왕정주의자 발자크의 이데올로기

---

6) 발자크, 《농민들》, 배영달 역, 이론과 실천, 1990.

적 의도였다.

　그러나 마슈레는 《농민들》은 작가의 반동적 이데올로기로 환원될 수 없으며, 더 나아가 이 작품은 발자크의 이데올로기에 역행한다고 주장한다. 발자크의 텍스트는 작가의 의도가 갖는 내적 모순을 노출시킴으로써 그의 이데올로기를 무의식적으로 부정하게 만든다는 것이다. 즉 텍스트는 작가의 의도에 상응하기보다는 작품의 거대한 내적 결핍을 노출시킴으로써, 논리적 자가 당착을 보여 준다는 것이다.(홍성호, 1995a:83)

　이것을 증명하기 위해 마슈레가 예증으로 삼는 것은 《농민들》의 등장인물, 푸르숑 영감이 발화하는 직접 화법 문장이다. 푸르숑 영감의 발화에서는 표준 프랑스어가 아닌 농민어(語)적 특수성이 나타난다. 푸르숑 영감의 말은 어휘적 차원에서 문화적(언어적) 규범을 공공연히 위반하고 있다는 것이다. 이와 동시에 푸르숑 영감의 문장에서는 수사학적 문체, 즉 교육받은 이의 흔적 또한 찾아볼 수 있다. 시골 사투리와 수사학이라는 상호 배타적인 2개의 언어 영역이 하나의 담론에서 공존하고 있는 것이다. 푸르숑이라는 농민의 문장에 담긴 2개의 언어권은 서로의 효과를 무화시키는 작용을 하는데, 마슈레에 의하면 이것은 발자크에게 있어서 농민이라는 것 자체가 위장이자 변장임을 의미한다.

　사실 푸르숑 영감은 처음부터 농민이었던 것은 아니었다. 그는 원래 지주였으며, 라틴어를 배우기도 했고, 심지어는 학교 선생님이기도 했다. 푸르숑은 나태함과 알코올로 인해 사회적으로 전락한 것이다. 따라서 푸르숑은 '가짜' 농민이다. 소설의 다른 등장인물들 역시 농민처럼 옷을 입고 농민처럼 말하며 농민처럼 생각하지만, 그들이 밭을 갈고 씨를 뿌리는 가장 농민다운 모습은 소설에서 찾아볼 수 없다는 의미에서 그들은 모두 '가짜' 농민들이다.

마슈레에 의하면 발자크가 농민을 그리면서도 가장 농민다운 생활을 묘사하지 않는다는 점은 작가가 농민의 현실을 위장하고 은폐하고 있다는 것으로 파악된다. 이렇게 노동하는 농민의 이미지가 부재하다는 점으로부터, 마슈레는 발자크가 활동하던 시기에는 농민이란 사회 계층 자체가 존재하지 않는다는 결론을 끌어낸다. 발자크가 보여 주는 것은 부르주아가 권력을 장악한 프랑스에서 농민의 역사적 소멸, 농민 계층의 실질적인 실종이라는 것이다.

발자크 작품의 농민들은 이름만 농민일 뿐이지 실제로는 환상에 불과한 것이며, 농민들의 현실은 그 물적 조건 속에서 사멸되도록 선고받았다. 발자크 소설에서 노동하는 농민들의 모습을 볼 수 없다면, 그것은 농민이 노동 수단을 잃었기 때문이며 자본주의적 수탈에 의해 농민이 희생되었기 때문이다. 가난한 자들이 부유층에 대항해서 음모를 꾸민다면, 그것에 앞서 부유층이 가난한 자들을 착취했던 때문이라는 것이다. 마슈레에 의하면 부유층에 대항하는 농민들의 음모를 고발하는 발자크의 《농민들》에서 포착해야 하는 진정한 농민의 실종을 배경으로 권력을 쟁취해 가는 부르주아 계층의 사회적 부상이다.

따라서 마슈레가 볼 때 발자크의 이데올로기적 의도는 외양에 불과하며, 《농민들》의 허구적 이야기가 말하고자 하는 것은 부르주아에 의해 지배되는 프랑스의 사회적 관계이다. 이처럼 문학 텍스트는 일관성 있는 이데올로기(여기서는 발자크의 반동적 이데올로기)를 표현하는 것이 아니다. 텍스트 자신도 모르게 또 작가의 의도와 무관하게 텍스트는 사회 현실이 해결할 수 없는 이데올로기의 모순을 노출시킨다. 즉 텍스트는 이데올로기를 재현하는 것이 아니라 이데올로기의 모순과 결함을 나타나게 하는 것이다. 그리고 그것이 바로 그 텍스트가 갖고 있는 문학적 자질이라고 할 수 있다. "발자크의 이야기는 그의 이데올로기적 기획으로 환원될 수 없다. 오히려 거기서 멀어져 간다. 발자크의 작품을 의미 있게 만들고 작품의 문학적 질을 형성하는 것은 바로 이 간극이다."(마슈레, 1979:138) 독자들에게 농민이 위험한 존재라는 것을 믿게 하고자 했던 발자크의 시도는 자본주의 제도에서의 농민의 몰락을 묘사하기에 이른다는 것이며, 결국 소설적 진실이 저자의 의도, 왕당파 이데올로기를 반박하게 된다는 것이다.

르네 발리바르의 《이방인》 연구

피에르 마슈레가 알튀세의 이데올로기 개념을 문학 비평에 적용했다면, 르네 발리바르는 알튀세의 또 다른 주요 개념인 국가 이데올로기 장치(appareil idéologique d'Etat)와의 관계 속에서 문학 작품을 분석한다. 알튀세의 또 다른 중요한 명제는 "이데올로기는 하나의 물질적 실재를 갖는다"는 것이다. 알튀세가 이데올로기의 물질적 토대를 설명하기 위해 도입한 것이 바로 국가 이데올로기 장치이다. 국가 이데올로기 장치란 국가가 지배 계급으로 하여금 피지배 계급에 대한 지배를 관철시키기 위해 사용하는 이데올로기적 기구를 일컫는 말이다. 정부나 군대 · 경찰 · 법원 등의 장치가 폭력적으로 행사되는 억압적 장치라면, 이데올로기적 장치는 종교나 교육 · 가족 · 정치 · 정보 · 문화 등의 영역에서 제도화된 형태로 나타난다. 자본주의 체제가 성립되기 전에 주도적인 국가 이데올로기 장치로 기능했던 것은 교회였다. 교회는 종교적 기능만 수행한 것이 아니라, 종교적 기능을 통해 교육과 문화의 기능도 수행했던 것이다. 알튀세에 의하면 부르주아 혁명 이후, 지배적인 국가 이데올로기 장치의 역할을 맡게 된 것은 학교 제도이다.

학교는 모든 사회 계급 출신의 아이들에게 도덕이나 공민 교육 같은 지배 이데올로기를 주입시킨다. 시민 사회의 덕목을 전달한다는 명목 아래 피지배자와 지배자의 억압 관계를 영속시키는 국가 이데올로기를 재생산하는 것이다.(홍성호, 1995a:222-223)

'문학적 문체와 국어로서의 프랑스어'라는 부제를 달고 있는 르네 발리바르의 《허구어로서의 프랑스어》(1974)는 위와 같은 알튀세의 관점을 바탕으로 하고 있다. 발리바르의 연구의 출발이 되는 가정은 문학적 효과의 물질적 기초는 학교 기구의 기능에 의해 형성된다는 것으로, 학교 기구는 국어를 취급하는 방식을 통해 문학 속에서의 계급 투쟁을 매개한다는 것이다.

발리바르는 초등학교 초급반에서는 언제나 현재-복합 과거-미래의 시제가 현재-과거-미래의 구도에 상응하는 것으로 가르친다는 사실을 지적한다. 복합 과거는 다른 과거 시제들에 비해 과거라는 개념을 인지하는 데 선두적인 역할을 맡고 있는 것이다. 발리바르에 의하면 복합 과거의 이러한 대두는 단순 과거를 자유자재로 쓰던 사회 세력(귀족)을 제치고 사회적 지배 계급으로 부상한 부르주아 계층의 출현과 밀접한 관계가 있다. 부르주아 계층은 그들과 귀족 계층 사이의 사회적 차별성을 말살하려는 뜻에서 부르주아적인 민주적 언어 사용을 제안했는데, 그것이 과거 시제의 대명사로서의 복합 과거라는 것이다. 그러나 초등학교가 민주적 언어형태로 규범화하는 복합 과거는 자본주의적 생산 관계에 의한 계급적 갈등을 지워 버리는 동일성의 환상을 담고 있다. 국가 이데올로기 장치인 학교 교육 내부에서 초등학교와 중등학교가 프랑스어와 문학에 대해 맺고 있는 상이한 관계는 언어적 차원에서 부르주아 민주주의의 허상성을 잘 보여 준다. 같은 문학을 교재로 삼고 있다 해도, 초등 교육과 중등 교육 사이에는 구조적 대립이 존재한다. 국가 언어의 기초적 습득을 목표로 하는 초등학교에서 프랑스어는 일차적이고 고유한 의미, 그 자체로 곧 현실을 의미하는 것으로 익혀진다. 여기서 사용되는 문학 텍스트는 곧 객관적 현실을 담아낼 수 있는 것으로 간주되어, 텍스트 자체가 글쓰기의 모델이 된다. 이와 달리 인문주의적 인간 육성을 목적으로 하는 중등학교에서의 문학 텍스트는 언어 습득을 목적으로 하는 게 아니라 작가의 문학성을 파악하는 수단으로 제시된다. 여기서의 문학 텍스트는 작가의 창작 정신을 이해하기 위한 것이다. 초등학교 프랑스어가 텍스트=모델의 구도를 형성한다면 중등학교 프랑스어는 작가 정신=모델의 구도를 보여 주는 것이다. 따라서 초등학교와 중등학교에서 동일한 텍스트를 교재로 쓴다고 해도 그 텍스트에 접근하는 방식은 전적으로 상이할 수밖에 없다. 중등 교육에서 '문학성' 혹은 문학적 기교로 지칭되는 것은 초등 교육에서는 거의 '문자 그대로의 뜻'으로 인식되기 때문이다.

발리바르는 이러한 시제의 문제를 알베르 카뮈(Albert Camus)의 《이방인》에 적용하고 있는데, 발리바르는 먼저 카뮈의 《이방인》에서 자주 출현하는 복합 과거에 주목하고 있다. 《이방인》에 나오는 "나는 두 시에 버스를 탔다(J'ai pris l'autobus à deux heures)"같은 짧은 복합 과거 문장에서 단어들은 마치 언어를 처음 배우는 아동들의 언어에서처럼, 비유적이거나 은유적이기보다는 고유한 의미로 씌어졌다. 수많은 복합 과거 문장을 담고 있는 카뮈의 《이방인》은 초등학교적인 프랑스어의 문장 구성을 모방하고 있는 셈이다. 그러나 발리바르에 의하면 이 작품이 초등학교 과거 시제의 대명사인 복합 과거를 많이 보여 준다고 해도 그것이 정확하게 초등학교적인 문장 구성은 아니라고 설명한다. 단적인 예를 들면 소설의 첫 줄에 나오는 "오늘 엄마가 죽었다"와 마지막 페이지에 나오는

"나는 엄마에 대해서 생각했다"라고 하는 동일한 복합 시제의 사용은, 오늘=현재, 어제=복합 과거, 내일=미래의 도식을 강조하는 초등학교 프랑스어 교육의 관점에서 볼 때 명백한 시제의 오류이기 때문이다. 뿐만 아니라 "오늘 엄마가 죽었다. 아니 어쩌면 어제인지도 모른다. 나도 잘 모르겠다" 같은 문장은 마치 잘못 씌어진 초등학교 작문을 연상시킨다. 카뮈의 문장은 초등학교적 과거 시제 사용에도 불구하고 초등학교에서 가르치는 시제 개념을 의도적으로 무시한 듯한 특성을 보여 주고 있는 것이다.

또한 《이방인》의 과거 시제가 전적으로 복합 과거인 것은 아니다. 복합 과거보다 드물기는 해도 단순 과거 역시 눈에 띄는데, 전통적인 문어 시제인 단순 과거는 초급 프랑스어 작문을 연상시키는 짧고 간략한 문장에 사용되고 있다. 초급 프랑스어적 문장 구성 속에 삽입된 단순 과거는 작품의 특수성을 형성하며, 중등 교육의 문학적 프랑스어를 환기하는 효과를 갖는다. 작품 속에 나타나는 '장례' '발코니에서 보낸 일요일' '아랍인 살해' 같은 장면 역시 발리바르에 의하면 초등학교 프랑스어 습득 과정을 연상시키는 동시에 중등 교육에서 강조하는 문학성을 부각시키는 역할을 하고 있다. 그 대표적인 것이 《이방인》의 장례식 장면으로, 이것은 귀스타브 플로베르(Gustave Flaubert)의 《보바리 부인》에 나오는 시골 결혼식 장면의 모작이라는 것이 발리바르의 주장이다. 카뮈의 허구적 이야기는 학교 교육 제도에 의해 구축된 두 언어권, 즉 초급 프랑스어와 중등 교육의 문학적 프랑스어와의 세력 관계를 역전시키면서, 플로베르라는 고전 작가의 작품 분위기를 초급 프랑스어의 틀 속에서 재생산해 내고 있다는 것이다. 발리바르에 의하면 《이방인》에 나타나는 몇몇 휴머니스트적인 장면들은 동시대의 낡은 문학적 유형의 글, 예를 들어 《이방인》과 동일한 휴머니즘을 담고 있지만, 초급 프랑스어의 콤플렉스를 털어 버린 철학적·문학적 완성형이라고 할 수 있는 장 그르니에(Jean Grenier)의 《섬》을 연상시킨다. 또한 발리바르는 사르트르를 인용하면서 카뮈의 《이방인》에는 볼테르(Voltaire)와 장 자크 루소(Jean-Jacques Rousseau)·파스칼 같은 중등 교육 과정에서 가르치는 프랑스 모럴리스트적인 전통과, 니체(F. Nietzsche)나 야스퍼스(K. T. Jaspers)·하이데거(M. Heidegger)·키에르케고르(S. A. Kierkegaard) 같은 대학철학의 전통이 혼재하고 있다고 지적한다.

결론적으로 말해서 카뮈의 《이방인》의 프랑스어가 환기하고 있는 것은 초등학교와 중등학교 사이의 구조적 대립으로서, 중등 교육의 프랑스어 대신 초등 교육의 프랑스어를 상상적으로 고양시키기 위한 노력이라고 정의할 수 있다. 즉 이 작품은 초등학교 프랑스어에 대한 낡은 문학적 프랑스어의 지배를 전복시키려는 시도라는 점에서 볼 때, 앙시앵 레짐의 수사학적 우아함을 초보적이고 단순한 문법적 프랑스어로 대치한 언어적 혁명과 비견할 만한 현상이다. 프랑스어 교육에 있어서 부르주아 민주주의의 이상을 구현하고자 했다는 것이다. 그러나 이와 동시에 발리바르는 "초급 프랑스어의 문장 속에 낡은 프랑스어적 효과를 삽입·종속시키고 있는 카뮈 프랑스어의 특이성은 그 특이성을 간파할 수 있는 교양 있는 계급에 의해서만 예술적 가치를 띨 수 있다는 의미에서 한계를 지니고 있다"고 지적한다.(발리바르, 1974:291) 즉 카뮈의 문장이 고상한 문학적 문체를 문제삼음으로써 프랑스어의 '민주화'에 기여한다는 점에서는 비판적 기능을 수행하지만, 그것이 새로운 문학적 암시를 태어나게 한다는 점에서 카뮈의 '자연스러운' 언어(복합 과거)가 실제로는 세련된 문학적 수법이며, 이 새로운 문학성은 그것을 감식할 수 있는 문화적 특권 계층에게만 인식이 가능하

다는 점에서 보수적인 성격을 띤다는 것이다.(지마, 1996:227)

교과서의 프랑스어와 문학 작품의 프랑스어와의 관계를 통해 《이방인》이 갖는 보수적이자 혁신적인 성격을 부각시키고자 했던 발리바르의 연구는 향후의 문학사회학에 있어서 새로운 전망을 여는 중요한 단초를 제공하고 있다. 그것은 국어 교육에서의 문학 작품의 역할이다. 문학(고전 작품)은 국가 공동체의 구성원들에게 있어 언어적 모델로서, 그리고 공동체적 의식 구조와 정신적 합의를 구축하는 수단으로 쓰이고 있다. 이것은 여러 연구의 가능성을 보여 주는데, 예를 들면 한 작가나 작품을 국어 교과서에 포함시키거나 제외시키는 것이 어떤 의미를 갖는가, 교과서에 포함된 작품과 작가는 어떤 언어적·정신적 구도를 재현하는 것으로 교재 속에 소개되는가, 한 시대의 국어 교과서는 문학적 이상을 매개로 해서 어떤 정신적 이상과 가치를 고양하고 있는가, 아니면 청소년들은 실제 생활에서 과연 학교 교육이 제시하는 문학 텍스트들을 읽는 것일까 등의 질의로 이어질 수 있다. 학교 교육이라는 거대한 국가적 제도가 언어적 규범으로 제시하는 것이 문학 작품이라는 사실은, 문학 텍스트의 사용이 필연적으로 사회적일 수밖에 없음을 명백하게 보여 준다.

3. 사회 비평

사회 비평이라는 이름 아래 클로드 뒤셰와 피에르 지마가 여기 함께 소개되는 이유는 마슈레와 발리바르처럼 동일한 사상적 배경 때문이 아니라, 그들 이론을 지칭하는 명칭의 공통성 때문이다. 클로드 뒤셰가 마르크스주의자임을 공개적으로 표방하고 있는 반면, 피에르 지마 이론에 직접적인 영향력을 행사한 것은 아도 르노(T. W. Adorno)를 위시한 독일의 프랑크푸르트학파이다. 상이 한 학문적 계보에 속하는 이 두 사람은 그러나 문학 작품의 분석 이 내용적 · 주제적 측면으로만 환원될 수 없다는 공통적인 주장을 펴고 있다. 뒤셰와 지마의 사회 비평은 문학이란 메시지의 차원으 로 환원될 수 없다고 생각하며, 무엇보다도 문학 언어의 특수성을 강조하고 있다. 텍스트 속에서 사회적인 것을 읽고, 문학 텍스트 를 사회 내에 존재하는 다른 담론들과의 관계에서 고찰한다는 점 도 두 사람의 공통된 경향이다.

클로드 뒤셰

사회 비평이란 이름 아래 골드만 이후의 문학사회학을 발전시키 기 위한 클로드 뒤셰의 노력은 1970년대와 1980년대에 활발하게 이루어졌다. 1971년부터 발간된 잡지 《리테라튀르》는 사회 비평의 성명서라고 할 수 있는 것이며, 1979년에 출판된 논문집 《사회 비 평》은 사회 비평의 여러 논문들을 담고 있다. 여기서는 잡지 《리 테라튀르》에 실린 뒤셰의 〈사회 비평을 위하여 혹은 서두에 관한 소고〉와 《사회 비평》의 서문인 〈입장과 관점 Positions et perspec- tives〉을 중심으로 뒤셰의 방법을 살펴보기로 하자.

뤼시앵 골드만이나, 문학 텍스트의 알튀세적 독서를 시도했던 마슈레 · 발리바르처럼 클로드 뒤셰 역시 마르크스주의적 입장을 지향한다. 그러나 클로드 뒤셰의 사회 비평은 텍스트의 이데올로 기적 독서에만 국한되는 것은 아니다. 뒤셰에 의하면 텍스트 내부 에서 발견될 수 있는 모든 사회적 차원을 곧바로 이데올로기로 규 정하는 것은 위험하기까지 하다. 뒤셰의 마르크스주의는 마르크스 이론의 특정 개념을 문학 작품 분석에 도입한다기보다는, 문학 텍스트가 갖는 사회성과 역사성을 존중하는 차원에 머물러 있다.

클로드 뒤셰의 사회 비평이 주안점을 두는 것은 어디까지나 텍스트이다. 사회 비평은 형식주의 문학 이론에 의해 발전된 텍스트 분석에 요긴한 언어학과 기호학의 개념들을 기꺼이 받아들인다. 그러나 뒤셰의 사회 비평의 목적은, 텍스트의 자율성을 강조하는 형식주의 비평과는 달리 "텍스트의 사회적 문면(文面)을 재구성"(뒤셰, 1979:3)하는 것이다. 뒤셰에 의하면 모든 예술적 창작 행위는 하나의 사회적 실천인데, 그것은 예술 작품이 전달하는 메시지 때문이 아니라 예술적 창조 자체가 무엇보다도 미학적 과정이라는 의미에서 이데올로기적 생산이기 때문이다. 이처럼 뒤셰의 사회 비평의 근본적인 입장은 텍스트의 사회적 차원을 고려하지 않는 형식주의 시학과, 텍스트의 특수성을 간과하며 텍스트의 사회적 차원을 작품 내용의 정치학으로 축소시키는 이데올로기적 독서 양자에 대해 일정 거리를 유지하는 것이라고 할 수 있다.

클로드 뒤셰에 의하면 텍스트란 사회에 존재하는 다양한 담론과 지식들이 선택적으로 교차하는 영역이다. 사회 비평적 독서란 문학 작품을 그 내부에서 관찰해서 작품을 창작한 이의 기도가 사회적 저항과 강제, 사회문화적 약호와 모델, 제도적 장치와 충돌을 빚는 갈등적 지점을 찾아내는 일이다. 사회 비평은 형식주의 문학 이론이 중요시하는 언어적 측면을 강조하며, 텍스트의 내적 구성, 기능 체계, 의미망과 의미들 사이의 긴장 관계에 주목한다. 또한 텍스트 내에서 언술의 표면으로 떠오르지 않은 암묵적인 전제들(non dit)에 주목함으로써 창작인의 상상력 속에 투과된 "텍스트의 사회적 무의식"을 규명하고자 한다.(뒤셰, 1979:4) 뒤셰의 사회 비평은 문학 작품의 생산을 개인적·집단적 글쓰기의 사회학으로 간주하며, 문학의 형식적 측면(문학 언어)의 분석을 통해 문학 텍스트의 생산에 관여한 사회문화적 장치로서의 이데올로기를 비판적으로 읽어내기 위한 것이다. 클로드 뒤셰에 따르면 텍스트에서 사회를 읽을 수 있는 것은 텍스트 내의 발화나 메시지 혹은 세계관을 통해서가 아니다. 그것은 텍스트가 자체 내에서 글쓰기의 사회적 코드를 담고 있기 때문이다. 뒤셰의 일차적 관심 대상이 오직 텍스트, 형식주의적 의미의 폐쇄된 공간으로서의 텍스트라면, 그의 목적은 그 과정을 통해 텍스트의 사회성을 재정립하는 것이다.(디룩스, 2000:85)

그렇다면 뒤셰가 이러한 사회 비평을 문학 작품 분석에 어떻게 적용하고 있는지 살펴보자. 뒤셰는 작품의 첫번째 문장을 텍스트의 전체적 의미 구조에 있어서 중요한 단서로서 간주한다. "우리는 수업중이었다. 그때 교장선생님이 들어왔고, 그 뒤로 부르주아처럼 차려입은 신입생과 커다란 책상을 든 학교 급사가 뒤따라 들어왔다"라는 《보바리 부인》의 첫 문장을 보자. 뒤셰에 의하면 '수업중' '부르주아처럼 차려입은 신입생' '급사' 등은 문화적 자취를 담고 있는 '텍스트 외적 텍스트(hors-texte)'이다. 이 문장에 출현하는 인물들 '우리' '교장' '신입생' '급사'는 각각 사회 · 권위 · 개인 · 유용성을 의미한다. 이 문장의 인물들이 등장하는 순서, 교장-신입생-급사의 순서는 서사시에서의 군대 지도자-군사-시종과 흡사하다. 또한 '신입생'이라는 말은 '뒤따른'이라는 과거 분사와, 책상이라는 사물을 나르는 기능으로 취급된 '급사'와 인접한 위치를 점하고 있는데, 이것이 의미하는 바는 사회적 상승을 희망하는 신입생(샤를)의 상징적 위치가 샤를의 의도와는 정반대로 사회적으로 하락한다는 점이다. 이 문장에 씌어진 '책상(pupitre)'이라는 단어가 '어릿광대(pitre)'를 연상시킨다는 것 또한 신입생이 맞부딪히게 될 우스꽝스럽고 부정적인 운명의 결말을 예고하는 것이기도 하다. 책상을 묘사하기 위해 씌어진 '커다란'이란 형용사 역시 샤를(신입생)의 키가 보여 주듯 어딘가 불길한 불협화음을 불러일으킨다. 더욱이 '부르주아처럼 차려입은'이라는 표현은 부르주아처럼 보이기 위한 가장성을 암시한다. 결국 텍스트의 첫 문장이라는 짧은 언술에서 제도는 무언극의 희극(서사시를 모방한)처럼 취급되고, 지식은 책상이라는 우스꽝스러운 것(형용사 '커다란'의 모순적 성격) 위에서 습득되며, 사회적 상승은 변장하고픈 허영으로 드러난다는 것이다. 뒤셰는 작품의 첫번째 문장이 작품 전체와 맺고 있는 특수한 관계를 고려할 때, 작가 플로베르의 문체는 프랑스 부르주아 계층이 갖는 허위성을 폭로하는 이념적 효과와 기능을 보여 준다고 결론짓는다.(뒤셰, 1996:56-59)

훗날 뒤셰는 그의 이론을 전개하는 데 있어서 여러 신조어를 만들었다. '동반 텍스트(co-texte)' '사회 텍스트(socio-texte)'(위에서의 텍스트 외적 텍스트(hors-texte)라고 부른 것)는 텍스트와 더불어 클로드 뒤셰 문학 분석의 3개 층위를 이루는 것이다. 동반 텍스트란 텍스트를 동반하는 담론들의 총체를 말한다. 예를 들어 한 작품의 주제는 아니지만, 한 이야기에서 파악할 수 있는 시대적 정황은 동반 텍스트라고 할 수 있다. 《보바리 부인》의 첫 문장처럼 이 문장이 외면적으로 지시하는 것을 넘어 파악할 수 있는 독자('우리')·중등학교·사회 서열 등이 동반 텍스트이다. 사회 텍스트란 독자와 텍스트 사이에 커뮤니케이션을 가능하게 하는 사회문화적 참조 체계로서 사회 비평의 연구 방법과 전망을 포괄한 개념이다. 사회 텍스트는 상상의 공간으로서, 텍스트와 동반 텍스트의 경계에 위치한다. 앞의 분석에서처럼 '교장선생님' '새로운' '부르주아처럼 차려입은' 같은 말들이 의미를 형성하는 것이 바로 사회 텍스트이다. 사회 텍스트는 이처럼 텍스트와, 의미의 생산자로서의 독자와의 공모의 공간을 전제한다.(조성애, 1996:243-245)

클로드 뒤셰가 제안하고 있는 또 다른 개념은 소시오그램(socio-gramme)이다. 소시오그램이란 "흐릿하고 불안정한 총체, 상호 작용 중의 어떤 핵심 주위로 모여든 부분적인 표상들이 충돌하는 총체"이다. 소시오그램을 파악하기 위해서는 먼저 사회 담론(discours social)을 이해해야 하는데, 사회담론이란 어떤 사회에서 씌어지고 말해진 모든 것으로 활자화된 것, 공적으로 말해진 것, 이야기와 토론이 담론의 주요 두 형태라면 이야기되고 토론된 일체의 것을 지칭한다. 한마디로 텍스트의 재료가 될 세상의 온갖 잡음(소리)들이다. 이 사회 담론이 곧 동반 텍스트가 된다고 할 수 있다. 그러나 작가와 독자에게 있어서 그것은 모호한 덩어리처럼 존재한다. 의미를 만들어 내려면 단절이 있어야 하는 이상, 이 사회 담론은 어떤 핵심 주위로 고정되어야 하는데, 이때 이질적인 담론을 몰아주고 정돈을 하기 위해 지시 대상에서 지시로 가는 통로를 만들어 주는 것이 소시오그램이다.(조성애, 1996:245-248) 뒤셰는 도시 · 전쟁 · 영광 같은 사회적 표상을 소시오그램으로 취급하고 있다.

비록 클로드 뒤셰가 골드만에 대한 학문적 부채를 인정하고 있지만, 뒤셰는 골드만이 그랬던 것처럼 텍스트 외적인 것(얀센주의의 형이상학이나 법복 귀족의 사회적 위치)으로부터 텍스트를 추론하는 것이 아니라 그 반대를 추구한다. 뒤셰에 의하면 사회 구조에서 텍스트로 이행하는 방법론은 문학 연구가 아니라 사회학에 속하는 것이다. "사회 비평의 목적은 텍스트 속의 사회적인 것의 위상이지 텍스트의 사회적 위상이 아니다."(조성애, 1996:242) 사회 비평이 사회학에 관심을 갖는 이유는 문학 텍스트 속에 특이한 방식으로 은거하고 있는 사회적 로고스 때문이다. 클로드 뒤셰가 노리는 것은 텍스트 구조의 표면 위에 드러나 있는 사회적인 것, 예를 들어 계급 이데올로기 같은 것이 아니다. 그것은 텍스트 외부에서 와서 텍스트 속에 기입된 것, 그리고 그럼으로써 하나의 이데올로기로 기능하게 된 것을 밝히는 일이다.(디륵스, 2000:86) 예를 들어 클로드 뒤셰의 작업을 계승하고 있는 레진 로뱅(Régine Robin)은, 《보바리 부인》에서 보바리 부인이라는 등장인물의 묘사를 통해 드러나는 당대의 여성관에 주목하고 있다. 여성이라는 요소는 작가 플로베르가 이 소설을 쓸 때 염두에 두었던 주제는 아니었다. 그러나 그가 묘사하는 보바리 부인은 당대 사회 담론에서 통용되던 여성에 대한 고정 관념을 담고 있는 동시에, 《보바리 부인》의 고유한 문학적 글쓰기 작업을 거치면서 그 사회담론과 일정한 편차를 드러낸다. 즉 플로베르는 사실주의적 묘사를 위해 당대 사회 담론에서 나타나는 것과 흡사한 여성(실제로 존재할 법한 여성)을 묘사했지만, 그가 그려낸 보바리 부인은 사회 담론에서 말해지는 여성과 완전히 똑같지는 않다는 점에서 여성에 대한 새로운 이미지를 구축하는 데 하나의 이데올로기적 역할을 담당하게 되었다는 것이다.

클로드 뒤셰의 관점을 계승한 사람들로서는 파리8대학의 이자벨 투르니에(Isabelle Tournier)와 캐나다에서 활약하는 레진 로뱅을 들 수 있다. 사회 비평에서 가장 주목할 만한 연구는 벨기에인 마르크 앙즈노(Marc Angenot)의 《1889. 사회 담론의 한 상태》라고 할 수 있을 것이다. 앙즈노의 책은 프랑스 혁명이 일어난 지 1백 주년이 되는 1889년의 사회 담론에 대한 연구로서 1989년에 출간되었다. 그는 약 1천여 페이지에 이르는 이 방대한 저서에서 뒤셰가 제시한 사회 담론의 개념을 적용해서 한 사회 속에서 말해지고 씌어지는 모든 것을 조직하는 시스템으로서의 사회 담론에 접근하고 있는데, 1889년에 출판된 의학 서적·법률 서적·정치적 글·광고 전단·신문 등 모든 종류의 인쇄물을 분석한 후 문학 담론이 사회 담론을 어떻게 흡수하고 변형시키는가를 보여 주고 있다.

피에르 지마

피에르 지마는 렌하르트와 마찬가지로 골드만 밑에서 수학했으며, 마르셀 프루스트(Marcel Proust)에 대한 논문으로 박사학위를 받았다. 그는 1985년에 《문학의 사회 비평론》을 발표했는데, 문학사회학의 개론서라고 할 수 있는 이 책은 이 분야에 있어서 지마의 자신감을 보여 주는 동시에 그의 사회 비평론이 개진된 책이기도 하다. 그런데 지마의 문학사회학 개론서에서 한 가지 흥미로운 점은, 그보다 앞서 사회 비평을 주장했던 클로드 뒤셰에 대해서는 아무런 논평이 없다는 사실이다. (동일한 이름 아래 상이한 입장을 전개하는 경쟁적 입장 때문일까?)

피에르 지마는 자신의 사회 비평이 '텍스트사회학'과 동의어라고 말한다. 텍스트사회학이란 작품의 주제적·관념적 측면을 강조하는 문학사회학(골드만의 비극적 세계관)을 지양하고, 사회적 문제와 집단의 이해 관계들이 어떻게 텍스트 내부의 의미적·통사적·서술적 차원에서 표명되는가를 연구하는 것이다. 지마는 사회에 대한 문학 비평의 비판적 기능을 주장하는 학자로서, 지마에 의하면 학문이란 도덕적·정치적 가치와 단절될 수 없다. 지마가 텍스트사회학 대신 사회 비평이라는 용어를 선택한 것은 바로 텍스트사회학이라는 용어가 암시하는 중성적인 성격을 탈피하기 위해서였다.(지마, 1996:3-4)

이처럼 지마의 사회 비평은 사회에 대한 비판적 이론이고자 한다. 이런 점에서 지마는 프랑크푸르트학파, 특히 아도르노로부터 많은 영향을 받았다. 아도르노는 문학은 사회의 반영이라고 생각하는 마르크스주의적 명제를 공박하면서, 말라르메(S. Mallarmé)나 카프카(F. Kafka) · 베케트(S. B. Beckett)처럼 현대의 가장 혁신적인 작품들은 자본주의 사회에 대한 비판을 담고 있다고 주장했다. 아도르노에 의하면 예술 작품의 비판적 성격은 일체의 사회적 유용성을 부정한다는 사실에서 기인하며, 이런 의미에서 예술이란 그것이 존재한다는 단순한 사실에 의해 사회를 비판하고 있다.(디릭스, 2000:89) 그러나 피에르 지마가 전적으로 아도르노의 의견에 지지를 보내는 것은 아니다. 지마의 사회 비평이 미학적이고 철학적인 문제를 포기하지 않는다는 의미에서 프랑크푸르트학파의 비판 이론과 맥락을 같이하지만, 프랑크푸르트학파의 개념적 범주인 이마누엘 칸트(Immanuel Kant) · 헤겔 · 마르크스적 용어를 거부한다는 점에서는 거리가 있다.(지마, 1996:5)

지마의 사회 비평의 출발점은 사회적 가치가 언어와 독립적일 수 없다는 것, 어휘적 · 의미적 · 통사적 단위들은 집단의 이해 관계를 명백하게 진술하고 사회적 · 경제적 · 정치적 투쟁에서 중요한 역할을 담당한다는 것이다. 지마에 의하면 문학 텍스트와 사회와의 연관성을 밝히기 위해서는, 픽션이라는 의미적 · 서술적 구조 속에 다양한 형태로 나타나는 집단적 언어 활동의 총체를 통해 사회적 세계에 접근할 수 있다. 이러한 분석을 위해 지마가 도입한 개념이 '사회어(sociolecte)'이다.

사회어란 계급의 언어를 의미하지 않는다. 사회 계급이란 너무나 거대하고 복잡한 덩어리를 이루고 있으므로 계급적으로 동질적인 언어는 생각할 수 없다. 예를 들어 부르주아라는 하나의 계급 내부에는 자유주의 · 가톨릭 · 반교권주의 · 사회주의 같은 여러 집단 언어들이 존재하며, 이 담론들이 각각 이질적인 맥락에서 현실을 정의하고 이야기하는 만큼 계급적 단위로서의 사회어는 고려할 수 없다. 또한 집단 언어로서의 사회어란 언제나 한 집단의 산물인 것만은 아니며, 경제적 · 정치적 이유로 공동의 이해 관계를 갖는 두 집단이나 계급의 경계에서 생겨날 수 있다. 예를 들어 프루스트의 《잃어버린 시간을 찾아서》에 나타나는 19세기 후반의 사교계적 대화는 결혼이나 살롱, 경마 클럽을 통해 그들끼리 결합한 귀족 불로소득자와 부르주아 불로소득자라는 2개의 이질적인 집단으로부터 태어난 것이다.

지마는 텍스트에 접근하는 데 있어서 사회학적인 동시에 기호학적인 입장을 보이고 있다. 그는 골드만 계열의 문학사회학이 강조했던 작품의 내용적 측면이나 세계관 같은 개념과 결별하고, 이데올로기를 기호학적 맥락에서 접근하고자 한다. 따라서 지마가 말하는 사회어란 단순한 언표가 아니다. 그것은 특정 집단의 이해 관계를 어휘와 의미, 통사적 측면에서 기술하는 이데올로기적 언어이다. 먼저 사회어의 어휘적 차원을 보자. 출판물이나 정치적 성명에서 나타나는 '개인' '자유' '자치' 혹은 '책임' 같은 단어들은 자유주의적 혹은 신자유주의적 사회어의 특징을 이룬다. 자유주의적 · 기독교적 · 마르크스주의적 또는 파시즘적인 사회어들 역시 경험적 층위에서 그것들을 인식하게 해주는 암시적인 단어들로 구성되어 있다. 의미론적 차원에서 사회어는 특정 관점과 관여성(pertinence)을 결정한다. 예를 들어 기독교인에게 있어서 '영생'이라는 단어는 육체와 영혼 사이의, 인간과 신 사이의 근본적인 대립을 상정하고 있다. 또 다른 예를 들면 마르크스주의자의 경우 그들은 그들 방식으로 인류 역사의 발전 과정을 이야기하지만, 그것은 자유주의자들이나 기독교주의자들에게는 받아들여질 수 없는 것이다. 한 사회어는 이처럼 자기 담론의 정당성, 사건을 기술하는 자기 표현의 정당성을 방어하려 하고, 그것을 비판할 수 있는 다른 담론들, 다른 역사들을 자동적으로 배제시키는 효과를 낳는다.

지마에게 있어서 사회란 여러 집단들간의 이해 관계가 충돌하는 갈등적·적대적 공간이며, 상호 갈등적인 집단적 언어의 총체이다. 그리고 문학 텍스트는 이 집단들의 언어(사회어)가 충돌하는 장소를 보여 줄 수 있으며, 비평의 임무는 문학 텍스트가 그 사회어들을 어떻게 흡수하는가를 보여 주는 일이다. 지마에 의하면 알베르 카뮈의 《이방인》은 기독교적·휴머니즘적 이데올로기를 비판하고, 특히 서술 구조로서의 이 이데올로기를 비난하는 작품이다. 그레마스(A.-J. Gremas)의 기호학 이론에 의하면 기독교적·휴머니즘적 사회어에서 의미의 발신자로서의 '신'은 주체로서의 '인간'에게 '구원의 사명'을 짐 지우고, 인간은 '영혼의 구원'을 획득하기 위해 행동해야 한다는 관념을 기저에 깔고 있다. 지마에 의하면 《이방인》에 등장하는 차장검사의 담론이 이러한 기독교적-휴머니즘적 사회어를 대변하는데 선/악, 무죄/유죄, 사랑/증오 같은 이분법을 담고 있는 차장검사의 담론에 의해 주인공 뫼르소는 자동적으로 그 이데올로기의 유죄(有罪)적 서술 프로그램을 떠맡은 반-주체로 규정되어 재판을 통해 사형에 처해진다. 차장검사는 뫼르소에게 기독교적-휴머니즘적 사회어에 내재해 있는 의미 코드를 인정할 것을 강요하지만, 뫼르소에게 있어서 차장검사의 사회어는 완전히 낯설고 무관심한 의미 코드에 불과할 뿐이다. 지마에 의하면 소설에서 부각되는 물의 이미지와 태양의 이미지 등은 차장검사의 이데올로기에 대한 뫼르소의 전적인 '무관심,' 자연적 '무관심'에 다름 아니다. 바로 이 '무관심' 이야말로 저자 카뮈가 특정 이데올로기의 억압적 성격에 저항하는 한 방식으로, 카뮈는 주인공을 죄짓고 벌받는 주체로 만듦으로써 이 기독교적-휴머니즘적 담론의 억압적 성격을 폭로한다는 것이다.

클로드 뒤셰처럼 지마 역시 문학의 형식적 측면, 텍스트의 언어적 측면을 중시하고 있지만, 둘의 가장 큰 차이점은 지마가 그의 방법론뿐 아니라 다른 모든 방법론은 아무리 최소한이라고 하더라도 가치 평가를 피할 수 없다고 생각한다는 점이다. 지마는 학문의 담론 역시 이데올로기와 집단의 이해 관계에 영향을 받는다는 점을 의식하고 있다. 그러나 클로드 뒤셰에게는 이러한 성찰은 찾아볼 수 없다. 이와 아울러 아도르노의 영향을 받았던 지마가 문학이란 이데올로기의 수동적인 저장고가 아니라 오히려 저항의 장소일 수도 있다는 점을 지적한다는 것 역시 두 사회비평가 사이의 차이라고 할 수 있다.(디륵스, 2000:89-90)

〈문학 속의 사회〉 이론은 사회학적 관점에서 문학에 접근한 것이 아니라 문학 연구의 관점에서 텍스트의 사회상에 접근하려고 한다. 아마도 일반적으로 널리 알려진 문학사회학의 범주가 이것일 것이다. 그리고 이 글을 읽는 독자라면, 왜 문학사회학이 마르크스주의적 문학론으로 알려져 있는지 이해할 수 있을 것이다. 피에르 지마를 제외하고, 여기서 다뤄진 학자들은 모두 마르크스주의적 가치관을 토대로 문학 작품에 접근하고 있다.

〈문학 속의 사회〉 이론은 여러 비판을 불러일으켰다. 아니 오히려 이 방법론이 담고 있는 몇몇 문제점 '덕분'에 그것을 발전적으로 극복하려는 또 다른 연구를 불러일으켰다고 말할 수 있을 것이다. 첫번째로 지적되는 문제점은, 작품 속에 구현된 사회상을 과연 실제의 사회와 동일시할 수 있는가의 문제이다. 문학 속에 나타난 사회상으로부터 현실의 사회를 읽어내려는 〈문학 속의 사회〉 이론은 텍스트가 사회를 구현할 수 있다는 전제를 깔고 있다. 그러나 이러한 입장은 곧 문학과 사회를 동일시하는, 즉 '문학은 사회의 반영이다'라는 반영 이론으로 전락할 위험을 안고 있다. '문학은 사회의 반영이다'라는 반영 이론을 처음으로 정식화한 사람은 1821년 프랑스의 보날드 사제(l'abbé Bonald)이다. 19세기에 이 생각은 여러 문학비평가에게 빈번한 것이었는데, 20세기에 반영 이론을 적극적으로 문학 이론에 적용한 이들은 마르크스주의자들이다. 마르크스주의 문학이론가들은 문학이란 상부 구조의 하나로서 경제적 토대에 의해 결정되는 이데올로기를 반영한다고 생각했고, 여기서 더 나아가 작가란 그의 출신 계급의 이해를 대변할 수밖에 없다고 주장하면서 프롤레타리아 문학 운동을 전개하기도 했다.[7] 그러나 사회를 담아낼 수 있는 텍스트란 없다. 작가가 아무리 정직하게 묘사하고, 또 그것이 아무리 방대한 작품이라 할지라도 문학 텍스트란 사회에 대한 표상(représentation)일 뿐이다. 사회라고 하는 거대한 질료가 작품에 표현되는 것 자체가 이미 매개된 과정이다. 그 질료 중에서 무엇을 선택하든 선택 자체가 이미 의미를 부여받고 있는 것이기 때문에 현실에 대해 완벽하게 중성적인 전사(轉寫)는 아닌 것이다. 작가는 그의 출신 계급의 이해 관계

---

7) 가장 대표적인 것이 1920-30년대 소련의 프롤레타리아 문학 운동(Rapp)일 것이다. 1930년대에 들어서 공산주의자들의 공식적인 문학 노선은 프롤레타리아 계급 혁명을 준비하기 위해 현실의 사회를 고발하는 사회주의 리얼리즘으로 바뀌었다. 즉 그때까지 중요시하던 작가의 출신 계급 문제가 작품 테마의 문제에 자리를 내어준 것이다. 그러나 사회주의 리얼리즘은 사회 묘사의 실제성을 강조하는 동시에 문학(표상)의 힘을 빌려 사회 내 제 세력들의 역학 관계를 역전시키려 했다는 의미에서 결국 문학과 사회 사이의 유비 관계(거울)를 전제한 것이라고 할 수 있다.

를 대변한다는 생각 역시 문학사에 존재하는 무수한 작가들과 그들의 창작물들을 통해 사실이 아님을 알 수 있다. 중산층 출신이었던 플로베르는 부르주아 계층에 대한 뿌리 깊은 증오와 환멸을 표현한 바 있다. 출신 계급과 창작의 관계는 기계론적으로 설명될 수 있는 것이 아니다. 출신 계급은 어디까지나 출신 계급일 뿐 창작 생활 전 과정 동안 작가는 신분 이동을 할 수 있다. 게다가 작가가 된다는 것, 그 자체가 이미 사회적 이동이 아니던가!

골드만은 라신이 얀세니스트 집안에서 태어났다는 것에만 주목했을 뿐 훗날 왕정에서 총애받는 연대기 작가로서의 라신의 새로운 사회적 위상에 대해서는 고려하고 있지 않다. 골드만은 《숨은 신》의 초반부에서 문화 창조의 문제는 개인이 아니라 사회 계급이라는 것을 주장했지만, 작가 개인이 사회 계급의 집단 의식을 대변한다는 것을 검증의 필요 없이 당연한 것으로 받아들이며, 그들 작품의 내적 의미 구조를 곧바로 얀세니스트들의 집단 의식으로 파악한다. 알랭 비알라는 골드만의 주장이란 "얀세니스트들에게는 비극적 세계관이 나타난다, 라신과 파스칼은 얀세니스트이다, 따라서 그들 작품에서 얀세니스트적 세계관이 나타난다"는 논리로 요약된다며 그것은 이미 실효성이 없다고 판명된 반영 이론에 불과하다고 비판했다.

문학 속에서 사회를 읽으려는 방법론에 대한 또 다른 문제 제기는 이 방법론이 갖는 해석학적 성격이다. 이것은 해석자의 주관적 성격과, 해석학적 텍스트 접근이 내포하고 있는 문학에 대한 물신주의적 태도, 두 가지로 설명할 수 있다.

만약 여기서 소개된 연구가들의 구체적인 작품 분석에 동의하지 않는 독자들이 있다면, 그것은 〈문학 속의 사회〉의 지배적 경향인 마르크스주의적 색채에 대한 반발 때문만은 아닐 것이다. 얀세니스트적 갈등을 겪지 않은 비유럽권에서, 그리고 완전히 상이한 역사적 전통을 갖고 있는 국가에서도 《페드르》는 많은 사랑을 받고 있지만, 그것은 골드만이 설명하는 이유(얀세니스트의 비극적 세계관) 때문은 아니다. 또한 골드만이 말하듯 《페드르》가 얀세니스트들과 왕정과의 갈등적 상황을 극화하고 있다면, 그 《페드르》가 당대의 왕과 왕실로부터 커다란 호응을 얻었다는 역사적 사실을 어떻게 이해해야 할 것인가?

골드만이나 마슈레의 연구는 문학 텍스트(혹은 작품 미학)의 생산적 차원을 설명하고자 하는 시도이며, 발리바르와 뒤셰·지마가 문제시하는 것은 텍스트 내적 장치들(언어적 측면)에 기초해서 작품과 특정 이데올로기와의 갈등 관계를 파악하고자 한다. 즉 이들의 연구는 문학 텍스트에 나타난 사회상을 통해 작품 미학의 발생적 측면을 설명하려고 하는 것이지, 작품의 역사적·실제적 수용을 고려에 둔 것은 아니다. 이들의 연구는 텍스트의 내재적 독서를 통한 특정 이데올로기에 대한 사회학적 해석학인 것이다. 따라서 이들의 작품 분석은 아무리 설득력이 있다 할지라도 역사적·사회적으로 존재했던(그리고 존재하는) 다양한 독서 유형을 설명하는 것은 아니다. 그러나 텍스트의 사용은 사회적이다. 〈문학 속의 사회〉 이론은 문학 생산 혹은 미학적 생산에 치중하고 있으며, 문학의 사회적 수용에 대한 질의는 결여되어 있다. 이러한 결핍은 작품의 생산자인 작가가 아니라 작품의 의미와 가치의 창출에 직접적으로 개입하는 다양한 독자층에 대한 관심을 불러일으켰다.(II장 〈사회 속의 문학〉)

마지막으로 지적되는 문제점은 I장의 연구가들이 연구 대상, 분석 작품과 맺고 있는 공통된 관계, 즉 작품과 작가에 대한 숭배와 찬미로 특징지어지는 관계이다. 여기서 소개된 연구가들의 방법론 사이에는 현격한 차이가 존재하며, '작가의 의도성'을 취급하는 그들의 방식도 모두 다르다. 골드만이 《페드르》의 서문을 예로 들어 자신의 해석이 라신의 '진정한 의도'라고 주장한다면, 마슈레는 《농민들》의 진정한 문학성은 작가의 의도와의 편차 속에서 존재한다고 주장한다. 그러나 작가의 의도와 부합하든 대립되든, 연구가들이 고른 텍스트들은 널리 알려진 문학의 고전이라는 점, 그리고 연구가들 자신이 그 텍스트들을 '위대한' 작품으로 간주하고 있다는 점은 뚜렷하게 알 수 있다. 문학 작품의 문체가 학교 교육 및 문화 계급과 맺고 있는 관계를 연구했던 발리바르와, 문학 텍스트가 흡수하는 언어학적 구조들의 정신적·사회적 기능에 주목했던 지마 모두 카뮈의 《이방인》을 분석 대상으로 했다는 것은 결코 우연이 아니다. 이 작품들이 위대하기 때문에 그 속에 나타난 사회상이 동시대의 다른 작품들의 사회상보다 설득력을 얻는 것인가? 아니면 이 작품들이 당대 사회상을 잘 표현하기 때문에 위대한 작품으로 간주되는가? 작품의 사회성이 문학성을 결정하는가, 아니면 문학성이 사회성을 결정하는가? 걸작을 연구 대상으로 선택함으로써 연구가가 독자들에게 납득시키려고 하는 텍스트의 사회성이 텍스트의 문학성에 의해 자동적으로 결정되는 것처럼 보인다.

작가와 작품을 대하는 이러한 태도의 근저에는 골드만적 작가 개념, '천재'라고 하는 낭만주의적 작가 개념이 자리잡고 있다. '위대한' 작품은 '예외적 개인'의 산물이라고 말함으로써 골드만은 작품과 작품의 직접적 생산자 사이의 관계를 '천재'라고 하는, 보편적 설명의 틀(이것이야말로 사회학적 접근이 시도하려는 것인데)을 벗어난 신비화된 작가 개념을 끌어들인다. 작가의 명백한 의도성과의 편차에서 작품의 우수성을 설명하려고 했던 마슈레 역시 마르크스와 엥겔스를 인용하면서 반동적 이데올로기에도 불구하고 발자크의 '우수성'을 언급하지 않았던가! 연구의 출발을 유일하게 텍스트, 오직 텍스트로 설정했던 사회 비평 역시 분석 대상에 대한 '명작주의'적 태도를 벗어나지 못한다. 아마도 이것은 이들이 견지하고 있는 해석학적 텍스트 접근과 무관하지 않을 것이다. 성서 텍스트의 해석에서 시작된 해석학적 방법론은 분석 텍스트에 대해 성서를 대할 때와 같은 진지하고 숭배하는 태도를 유지하고 있다. 텍스트에 접근하는 이러한 자세는 필연적으로 텍스트와 작가의 '위대성'의 문제, 가치의 서열화에 대한 질의, 유명 작가의 이름과, 그들이 서명한 텍스트의 타이틀이 행사하는 상징적 권력과 문화적 강제에 대한 질의를 불러일으켰다.(III장 〈문학장〉)

II

사회 속의 문학

I장에서의 문학사회학은 작품의 줄거리나 등장인물, 언어적 단서 혹은 문체 등을 통해 이데올로기를 읽어내고자 했다. 연구의 출발점이 어디까지나 작품, 즉 문학 텍스트인 것이다. 그러나 문학이란 텍스트만으로 환원될 수 없다. 문학이란 작가와 작품 이외에도 독자와 독서 행위, 그리고 출판과 배포, 문학 비평 등을 모두 포함하는 복합적인 사회적 활동인 것이다. 이러한 활동들은 각각 꼭 문학적이지만은 않은 자체의 고유한 메커니즘에 의해 진행된다. 이렇게 볼 때 사회적 활동으로서의 문학이란 상징적인 과정에 속할 뿐 아니라 또한 물질적·경제적 과정에 속하는 것이기도 하다.(디륵스, 2000:95) 〈사회 속의 문학〉의 출발점은 바로 이러한 사회적 행위로서의 문학이다. 〈사회 속의 문학〉이 중요하게 다루는 것은 개별 작품의 내적 분석이 아니라 사회 속에서의 문학이 담당하는 기능과 역할로서, 문학 작품의 사회적 사용과 실제 독자의 문제에 관심을 갖고 있다.

1. 창작인의 윤리: 사르트르

사르트르의 《문학이란 무엇인가?》는 오랫동안 문학 작가들에게

앙가주망(engagement, 참여) 문학의 당위성과 필요성을 역설하기 위한 책으로 알려졌다. "불가불 붓을 꺾게 될 날이 오면 작가 역시 무기를 들어야 한다. 이렇듯 당신이 어떤 곡절로 작가가 되었든간에, 당신이 어떤 견해를 표명했든간에 문학은 당신을 싸움터로 끌어들인다. 글쓰기는 자유를 의구하는 한 방식이다. 따라서 일단 글쓰기를 시작한 이상에야 당신은 좋건 싫건 간에 참여하고 있는 것이다."(사르트르, 1998:92) 이처럼 《문학이란 무엇인가?》가 글의 수신자로 상정하고 있는 것은 책이 씌어진 1947년 당시의 프랑스 작가들이다. 사르트르는 1947년의 프랑스 문학 작가들이란, 역사적 현실을 외면하고 문학의 자율성을 방어했던 1848년 세대 작가들의 후예라고 규정하면서, 동시대의 작가들을 대상으로 미적 요청의 밑바탕에는 도덕적 요청이 깔려 있다는 것을 말하고자 했다. 그는 작가로서의 자유란 작가를 작가로서 존재하게 하는 이, 즉 독자의 자유를 전제로 하고 있다는 것을 주장하면서 작가의 대사회적 책임감을 부각시키려 했던 것이다. 독자와 독서 행위야말로 문학을 사회적으로 존재하게 하는 조건임을 말하고자 했던 사르트르의 이러한 주장은 또 다른 문학사회학의 시발점이 되었다.

《문학이란 무엇인가?》에서 사르트르는 작품의 의미는 독서 행위를 통해 실현되며, 독서야말로 진정한 의미에서의 문학적 창조라고 주장한다. 이러한 입장을 전개하기 위해 사르트르가 공격하는 것이 칸트적 예술관인데, 칸트의 예술관에 의하면 예술 작품은 먼저 그 자체로 하나의 사실로서 존재하고 그후에 그것을 인식하게 된다. 그러나 사르트르에 의하면 작품이란 사람이 그것을 '바라볼' 때에만 존재한다. 즉 작품이 갖고 있는 본질적인 미적 특성 때문에 문학 작품이 되는 것이 아니라, 작품을 수용하는 시각이 그것을 문학 작품으로 만들어 준다는 것이다. 물론 독서가 완전히 창작인의 의도 밖에서 이루어지는, 전적으로 임의적인 것은 아니다. 작가는 창작을 통해 작품의 의미를 제안하지만, 독자의 상상력은 작가가 제안한 것을 수용해서 조절하는 데 그치는 것이 아니라 그것을 능동적으로 구성하는 기능을 보유하고 있다. 즉 예술가의 메시지를 수동적으로 유희하는 차원이 아니라 미적 대상을 재구성하는 기능을 보유하고 있는 것이다. 따라서 작품의 의미가 진정하게 실현되는 것은 오직 독서를 통해서이다. 사르트르의 말을 빌리면, 모든 문학 작품은 작가가 독자에게 건네는 '호소'이다. 예술가는 자신이 시작한 일(작품의 의미화)의 완결을 독자에게 의탁하고 있기 때문이다. 작품이란 독자에게 있어서 '이미 만들어진 무엇'이지만, 이와 동시에 독자란 '작품을 새롭게 만들어 내는 존재'인 것이다.

사르트르의 주장은 특정 텍스트를 하나의 미학적 가치로 만드는 데 있어서 수용자의 역할이 결정적이라는 것에 그치지 않는다. 그는 《문학이란 무엇인가?》의 제3장 〈누구를 위해서 쓰는가〉에서 매우 중요한 점을 지적하고 있는데, 그것은 하나의 창작 행위는 그 창작의 수신자로서의 구체적인 독자층을 미리 상정하고 있다는 점이다. 사르트르는 미국의 흑인 작가 리처드 라이트(Richard Wright)의 경우를 예로 들면서 '실제적 독자'와 '잠재적 독자'를 구분하고 있다. 리처드 라이트는 미국 북부로 이주한 남부 출신의 흑인으로서 백인에 의한 인종 차별 문제, 미국 사회에서의 흑인 소외를 다룬 소설가이다. 사르트르에 의하면 리처드 라이트는 버지니아 주나 캐롤라이나 주에 사는 백인 인종차별주의자를 독자로 설정하고 책을 쓴 것이 아니다. 그런 독자들의 입장이란 이미 단호하게 결정된 것이어서 그들은 라이트의 책을 펼쳐 보지도 않을 것이기 때문이다. 또한 리처드 라이트의 독자는 남부 늪지대에 사는 문맹의 흑인 농민들도 아닐 것이다. 문학 작품의 독서라고 하는 문화 생활은 그들에게 전적으로 낯선 일이기 때문이다. 따라서 라이트 작품의 실제적 독자는 북부의 유식한 흑인들이나 인종 차별에 분노하는 선의의 미국 백인들이다. 미국의 흑인 해방이라는 주제를 통해 라이트가 상정하고 있는 독자는 이런 실제적 독자들이며, 그의 책이 인간의 보편적 자유를 지향하고 있다는 점에서 모든 사람을 겨냥한 작품이지만, 여기서 모든 사람을 겨냥한다는 것은 실제적 독자를 통해서이다. 문맹의 흑인 농부들과 남부의 농장주들은 실제적 독자의 주변에 추상적 가능성으로 남아 있는 잠재적 독자들이다.

사르트르에 의하면 작가가 보편적 인간과 영원한 자유를 위해 글을 쓴다는 생각은 추상적 관념에 불과하다. 만약 보편적 인간이라는 것이 라이트가 묘사한 루이지애나 흑인의 운명을 보면서 로마 제국의 스파르타쿠스 시대의 노예 운명에 대해서 느끼는 것과 마찬가지의 감동을 받는 사람이라면, 리처드 라이트의 독자는 보편적 인간이 아니라고 사르트르는 말한다. 미국의 인종 차별이라는 현실은 보편적 인권이라는 화석화된 주제가 아니라 뜨거운 현장성이 있는 주제인 것이다. 자유의 문제에 있어서도 마찬가지이다. 자유란 인간이 끊임없이 스스로를 초탈하고 해방시키는 움직임이지, 이미 주어진 자유란 있을 수 없다. 자유란 언제나 시대적으로 주어진 구체적인 장애물 및 극복해야 할 강제들과의 투쟁이며, 모두 특수한 상황 속에서 쟁취되는 것이다. 따라서 영원한 자유를 노래한다는 것은 허망할 수밖에 없으며, 한 사람의 작가가 작품을 통해 말을 거는 대상은 시대와 공간을 초월한 보편적 인간이 아니라 작가의 동시대인, 혹은 작품의 언어와 동일한 언어 공동체, 특정 인종이나 일정 계급일 수밖에 없다. 결론적으로 말해서 작가가 세계의 어떤 모습을 문제시할 것인가 하는 문제, 즉 하나의 주제를 선택한다는 것은 작가가 의식적으로 혹은 그의 무의식 속에서 그의 글의 수신자, 곧 독자를 선택한다는 것에 다름 아니다. 결국 어떤 독자를 선택하느냐에 따라 작품의 주제가 결정되는 것이다.

한 작품의 창작은 구체적인 수용자 집단을 전제로 한다는 이러한 주장을 뒷받침하기 위해 사르트르가 제시하는 것은, 글쓰기가 필연적으로 내포할 수밖에 없는 준거 체계(système de références)이다. 사르트르에 의하면 글쓰기란 본질적으로 '암시적'일 수밖에 없다. 작가의 목적이 대상의 완전한 재현이라 할지라도 작가는 결코 모든 것을 글로 담아낼 수 없다. 작가가 발언하는 것은 언제나 주변 정황(contexte)에 대한 공통적 앎에 바탕을 두고 있는 것이다. 예를 들어 프랑스 작가가 미국 독자에게 1940-1944년 동안 프랑스가 독일에게 점령당한 시기에 대해 소설을 쓴다면 그는 프랑스가 직면했던 그 특수한 상황을 이해시키기 위해 많은 분량의 페이지를 할애해야 하지만, 프랑스 독자를 대상으로 한다면 그건 '집안 이야기'가 된다. 이처럼 작품 생산은 특정 시간과 공간 속에 위치하는 시대성과 사회성에서 벗어날 수 없으며, 작가와 독자 사이의 커뮤니케이션은 필연적으로 역사적이자 사회적일 수밖에 없는 것이다.

사르트르의 《문학이란 무엇인가?》는 20세기의 문학 작가란 부르주아 계층 출신이며, 작가란 글을 쓴다는 행위를 통해 그들의 출신 계급이자 사회의 지배 계급인 부르주아에 대한 입장을 필연적으로 표명할 수밖에 없다는 사회학적 한계를 지적하고 있다. 이와 아울러 문학은 창작가와 수용자 사이의 교환이 성립될 경우에만 존재 이유를 갖는다고 말하고 있다. 모든 정신적 작품은 그것이 겨냥하는 독자의 이미지를 그 자체 속에 간직하고 있다는 사르트르의 주장은, 창작자의 무의식을 지배하는 것은 특정 독자층에 대한 호소이며, 이것은 달리 말하면 작품 생산이 수용을 결정하는 것이 아니라 작품 수용에 대한 작가의 예상이 작품 창작에 선행한다는 것을 의미한다. 즉 수용에의 고려가 창작에 선행하는 것이다.[8] 사르트르를 시발점으로 해서 이제 문학사회학은 작가에서 독자로, 문학 생산에서 문학 수용으로 관심이 이행하게 된다.

2. 문학적 현상의 사회학: 에스카르피

사르트르의 제안을 반갑게 받아들여 그것을 문학사회학에 적용한 사람이 로베르 에스카르피이다. 로베르 에스카르피는 영문학 박사학위를 받은 후 보르도대학교에서 강의를 하고, 1965년에는 대중 예술 및 기술 · 문학연구소(Institut d'étude sur la Littérature et les Techniques et les Arts de Masse)를 창립했다. 세계적인 비교문학자이기도 한 에스카르피가 1958년 발표한 《문학사회학》은 현재 제7판까지 개정 출판되고 있는데, 에스카르피 문학사회학의 기본

---

8) 알랭 비알라는 〈사회시학 Sociopoétique〉(《수용에의 접근 *Approches de la réception*》, PUF. 1993)에서, 그리고 〈교차된 수용과 기대 Réception et anticipation croisées〉(*Discours social*. vol 7., n° 3-4)에서 사르트르의 이러한 주장을 더욱 발전시켜 창작이 수용을 결정하는 것이 아니라, 작가가 창작 과정중에 무의식적으로 책의 수신인으로 설정한 독자의 이미지와 또 작품이 어떻게 받아들여질 것인가를 염두에 두는 수용에의 기대가 창작 자체를 지배하고 결정하게 된다고 주장하고 있다. 애정물인지 추리물인지 혹은 역사 소설인지, 성인을 위한 책인지 아니면 청소년을 위한 책인지, 또는 동료 문인이나 문학비평가 같은 전문 문학인에게 수용될 책인지 아니면 대중 문학 독자를 위한 것인지 하는 고려가 이미 창작 과정에 깊숙이 개입하고 있기 때문이다.

적 방향을 담고 있는 이 저서는 문학사회학 연구에 새로운 지류를 연 저서로 간주되고 있다.

1950년대라는 종전 후 프랑스의 경제 부흥기에 발표된 이 책이 보여 주는 문학사회학은 어디까지나 경험주의적 사회학이다. 여기서 에스카르피는 하나의 일원화된 이론적 모델을 제시하고 있다기보다는 경험주의적 사회학의 관점에서 문학사회학에 접근하는 여러 흥미로운 제안들을 보여 주고 있다. 그 중 대표적인 것이 책의 물질적 측면과, 수요와 공급의 법칙에 종속된 경제적 산물이라는 것을 최초로 문제시했다는 점이다. 에스카르피는 작품 혹은 텍스트라고 하는 것은 책이라고 하는 물질적이고 구체적인 매개물에 의해 독자들에게 전달된다고 지적하면서, 그렇다면 과연 문학을 물질적 측면으로만 환원시킬 수 있을 것인가 의문을 제시한다. 물질성만 고려한다면 기차 시간표나 전화번호부도 책의 범주에 들어갈 것이고, 교과서에 삽입되어 있는 라신이나 몰리에르(Molière)의 작품은 책의 범주에서 제외될 것이기 때문이다. 따라서 문학이란 책이라는 물질적 매개물을 필요로 하는 동시에 독서의 용도와 밀접한 관계를 맺고 있다. 문화가 시간과 공간을 정복하게 해준 독서 기계(machine à lecture)가 책이라면, 오직 독서만이 책을 정의할 수 있는 것이다. 또한 책은 정보의 공유와 집단성이 그 특징이다. 복사를 하건 인쇄를 하건 사진을 찍건, 책의 존재 이유란 책이 담고 있는 말을 여러 수신인에게로 증폭시키기 위함이자 그 말을 보전하기 위한 수단으로서, 책의 진정한 정의를 얻기 위해서는 독서 행위뿐 아니라 집단적 독자층의 개입이 필연적이다.

에스카르피는 문학이란 도구가 아니라 독서 자체가 목적인 것이라고 정의한다. 즉 아무런 실용적 대가나 보상을 기대하지 않는 순수하게 문화적인 욕구를 충족시키는 무상성(gratuité)의 독서를 전제한다는 것이다. 그러나 에스카르피는 그의 이러한 문학의 정의가 현실 속에서 모두 받아들여지는 것이 아니라는 사실을 잘 인식하고 있다. 실제 생활 속에서 비문학적인 것과 문학적인 것은 곧바로 유용성와 무상성으로 구분되지 않는다. 신문이나 잡지의 연재 소설처럼 실용적 목적을 가진 출판물의 문학적 용도가 존재하고, 또한 몽상이나 성찰의 목적이 아닌 이득을 얻기 위한(예를 들어 시험 준비를 위한) 독서처럼 문학의 독서가 하나의 수단으로 사용되는 경우가 비일비재하기 때문이다. 따라서 에스카르피는 무상성의 독서라는 자신의 견해에도 불구하고, 문학이란 무엇인가 하는 문제는 작가와 독자 사이 교환의 성질에 의해 결정된다고 주장한다. 문학이란 무엇보다도 집단적 동의에 의해 정의된다는 것이다. 결국 에스카르피가 다루는 문학사회학의 원칙과 방법론은, "모든 문학적 사실들은 예술이자 상업이기도 한 매우 복잡한 전달 기구를 통해 한정된 개인들을 익명의 공동체와 연결시키는 교환 회로"라는 입장에서 출발한다.(에스카르피, 1986:3) 문학이란 상징인 동시에 물적 매체(책)를 통해 상업적 유통 과정을 거쳐 전달되는, 미학적이자 물질적이고 경제적인 요소들을 내포하고 있다는 것이다. 이 교환 회로의 관점에서 보면 창작자라는 개인은 심리적 · 도덕적 · 철학적 해석의 문제를 제기하고, 작품이라는 매개물은 미학과 문체, 언어와 기술의 문제를 제기하며, 공동체-대중의 존재는 역사적 · 사회적 · 정치적 그리고 경제적 질서의 문제를 제기한다. 이러한 성찰을 바탕으로 에스카르피는 작가와 책과 독서라는 3개의 축을 중심으로 문학의 생산과 배포 · 소비를 다음과 같이 설명하고 있다.

생 산

에스카르피에게 있어서 문학 생산의 연구는 곧 작가층에 대한 연구이다. 그는 1490-1900년 사이에 족적을 남긴 9백37명의 프랑스 작가에 대한 통계를 바탕으로, 교양 있는 독자층이 선호하는 고전 작가뿐 아니라 대중적 회로(circuit populaire)에서 자취를 남긴 거의 모든 프랑스 문학 작가를 다루고 있다.

에스카르피의 작가 연구에서 첫번째로 만나게 되는 것은 세대 개념이다. 에스카르피에 의하면 문학 세대를 논할 때 중요하게 다뤄야 할 날짜는 작가의 탄생일도, 혹은 그들이 성인이 된 날도 아니다. 어느 누구도 '작가로 태어나는 것이 아니라 작가가 되는 것'이기 때문이다. 이처럼 문학 세대는 생물학적 의미의 세대와 일치하지 않는다. 에스카르피는 작가 인구 연구에 있어 문학 세대 개념보다는 문학 집단이 더 용이한 개념이라고 생각한다. 문학 집단이란 "여러 연령층이 혼재하는(그 중에서도 지배적 연령층이 존재한다) 작가 그룹으로, 의식적 혹은 무의식적으로 문단을 집단적으로 점유, 다른 문학적 요구에 저항"하는 집단이다.(에스카르피, 1986:35) 문학 집단의 부상을 야기하는 사건들은 중요한 정치적 사건, 집권 체제의 변화, 혁명, 전쟁 등으로, 이런 외적 사건들은 문단의 문학 인사들을 물갈이하는 데 중요한 역할을 한다. 에스카르피는 1550년에서 1900년까지의 문학 집단의 부상과 쇠락에 관련해서 활동중인 20세에서 40세까지의 작가층을 분석한 결과, 문학 집단이 부상하는 것은 문학 인구의 쇄신이 있을 때이며, 문학 집단이 쇠락하는 것은 활동중인 문학 집단이 스스로의 쇄신 없이 사회적 노화를 보이며 새로운 인원의 수용을 거부하는 시기라고 분석했다. 하강점에 다다른 문학 인구는 새로운 문학 집단의 출범으로 다시 상승 곡선을 보이는데, 프랑스 문학사에서 이것은 사회적 위기감이 이완된 시기(1598년의 종교 전쟁 막바지, 1652년의 프롱드 난의 끝 무렵)에 상응하거나 한 집권 체제의 말기(루이 14세, 루이 15세, 제1제정, 제2제정)에 해당했다. 작가층의 인구 증가가 상승점에 도달하면 일종의 동결 현상을 보이는데, 이것은 당대의 정권이 정치적으로 강화된 시기로서 이 시기 동안에는 도덕적 질서라는 요구가 문학 쇄신에 제동을 건다.

또한 생산의 차원에서 에스카르피가 질문하는 것은 문학 작가로서의 직업적 소명과 사회적 환경과의 관계이다. 에스카르피에 의하면 제도적·환경적 요인은 작가의 문학적 소명에 커다란 영향을 끼친다. 1490년에서 1580년 사이에는 봉건 영주가 아니라 프랑스 왕정이 지배하는 곳에서 작가들이 많이 배출되었고, 대혁명 이전에는 지방 법원이 소재한 지역들에서 많은 작가들이 나왔으며, 19세기 말엽에는 농촌보다는 도시에서, 그 중에서도 대학교가 있는 도시에서 많은 작가가 배출되었다. 또한 에스카르피는 프랑스와 영국에서의 작가의 사회적 출신을 비교하면서 모든 사회 계층이 동일한 비율로 작가를 배출하는 것이 아니라는 점을 보여 준다. 성직자 그리고 혁명에 의해 거의 사라진 유한 귀족을 제외하면, 프랑스와 영국의 문학 작가는 상업에 종사하는 상위 부르주아 혹은 자유업에 종사하는 집안 출신이다. 한 가지 특이한 점은 영국에서 가장 많은 문학 작가를 배출한 것은 젠트리 계층의 상위 중산층으로 특히 성직자 집안이 문학 작가의 배출에 좋은 환경을 제공했다면, 프랑스에서 가장 많은 작가층을 배출한 집안은 성직자 집안이 아니라 군인이나 해군 장교 집안이라는 사실이다. 프랑스의 이러한 특수성은 프랑스 사회에서 나폴레옹 군대가 갖는 특별

한 사회적 비중을 통해 이해할 수 있다. 모든 사회 계층이 작가가 되기 위한 조건을 동일하게 구비하고 있는 것은 아니며, 계층적·국가적 특수성이 문학 작가의 양산과 밀접한 관계를 맺고 있는 것이다.

에스카르피는 9백37명의 작가 연구를 토대로 해서 문학 활동이 생계 유지 수단이 되는 직업 작가의 경우, 경제적 필연성이 그의 창작에 행사하는 영향력은 거의 결정적이라고 단언한다. 세르반테스(Cervantes Saavedra)는 돈 문제에서 벗어나기 위해 소설 《돈키호테》를 썼고, 시인이었던 월터 스콧(Walter Scott)도 경제적 이유로 소설가로 변신했다. 문학적 가치의 내재성을 논하기에 앞서서 사회적 변수가 문학 창작에 얼마나 결정적인 지배권을 행사하는가를 잘 보여 준다. 경제성의 추구는 문학 생산에 커다란 영향을 끼치며, 생계를 위해 시작한 문학이 모두 저질은 아닌 것이다. 작가의 재정은 두 가지로 분류할 수 있는데 첫째는 저작권 같은 내적 재정이고 둘째는 후견인의 존재나, 자신의 재산을 투자하는 작가에서와 같은 외적 재정의 형태이다. 후견인 역할을 하던 것은 왕국이나 봉건 영주·교황 등으로, 후견인 제도는 인쇄술의 발달이 부진했던 시절 작품의 대중적인 유포가 불가능했고, 또 작가를 먹여 살릴 만큼 지적 상품을 구매할 대중 독자층이 결여되어 있을 때의 제도이다. 국가적 후원은 점차 연금 형태를 띠게 되었는데, 문학상 같은 것도 간접적인 후견인의 형태로 볼 수 있다. 에스카르피는 역사적으로 실존했던 프랑스의 모든 문학 작가를 통틀어 볼 때, 문학의 경제성만을 따져 보면 문학을 통해 생계를 유지한다는 것은 거의 불가능하다는 결론을 내린다. 극소수를 제외한다면 문학 작가로 산다는 것은 후원자 혹은 부업을 필요로 할 수밖에 없는 것이다. 《문학사회학》에서 에스카르피는 이 점에 대해 더 이상 논지를 전개하고 있지 않지만, 생계를 후견인에게 의존하는 작가 작품의 경우 창작인의 문학적 의도가 꼭 후견인에 대한 봉사는 아니라 할지라도 후견인의 뜻에 정면으로 대립할 수 있을 것인가 하는 문제에 대해 생각해 볼 수 있다. 작가의 경제적 독립은 창작의 자유와 직결되기 때문이다. 이처럼 문학 생산에 대한 사회의 압력은 절대적이다. 그것은 그 자체로서 긍정적인 것도 부정적인 것도 아니며, 문학사회학이 노리는 것은 문학에 대한 사회의 지배력이 행사되는 (우회적) 경로와, 작가가 그 지배력에 순응하거나 저항하기 위해 보여 준 여러 흔적, 그리고 그 와중에 그의 작품이 어떻게 코드화되었는지를 밝히는 일이라고 할 수 있다.

이점에 있어서 에스카르피가 언급하는 에드거 앨런 포(Edgar Allan Poe)의 사례는 사회적 강제가 어떻게 문학 형식을 결정할 수 있는지 보여 주는 흥미로운 예증을 제공한다. 19세기초 미국은 저작권 문제에 있어서 영국과 아무런 협정을 맺고 있지 않았다. 따라서 미국 출판업자들은 영국 출판업자의 허락 없이 영국 작가들의 작품을 출간했고, 이것은 상대적으로 미국 작가들을 등한시하는 결과를 낳았다. 단행본 출판에서 소외된 미국 작가들은 잡지를 중심으로 작품을 펴낼 수밖에 없었는데, 단편 소설이라는 문학적 형태는 이렇게 탄생되었고, 이것은 에드거 앨런 포라는 세계적인 작가를 배출했던 것이다.

배 포

일단 작품이 완결되었다고 해서 그것이 곧바로 문학이라는 집단적 동의를 얻게 되는 것은 아니다. 그것을 책으로 출간할 출판업자의 손을 거쳐야 하고(출판 과정), 또 전국의 판매망으로 퍼져 나

가야 한다(유통 과정, 서점). 먼저 출판에 대해 살펴보자. 역사적으로 볼 때 출판이 문학의 유포를 담당한 고유 형태였던 것은 아니다. 출판이 일반화되기 전에 문학은 대중을 상대로 한 공개적인 구술을 통해 이루어졌다. 프랑스에서는 먼 고대부터 공개적인 구술을 직업화한 행상 이야기꾼들이 있었고, 그들이 작품을 대중들에게 전달하는 역할을 맡았다. 또한 행상 이야기꾼들과 병행하여 사본을 베끼는 사람들이 있었고, 서점에서는 그 사본들을 팔기도 했다. 그러나 이 경우 작품의 유포는 사회 구성원의 극소수에게만 한정된 것이었다. 책의 기술적 제작은 인쇄업자에게, 책의 판매는 서적상에게 넘기면서 작가와 접촉하고 출판에 관련된 다양한 행위들을 기업적으로 다루기 시작한 출판업자가 출현한 것은 약 18세기의 일로, 출판업이란 문학 제도의 역사에서 보면 최근의 일이라고 할 수 있다. 에스카르피에 의하면 전문적인 출판인의 출현은 부르주아의 경제적 · 정치적 · 문화적 성숙과 관련된 현상으로, 사회적으로 부상하기 시작한 부르주아가 그들의 기호에 맞는 사실주의 소설이나 연애 소설을 시장에 요구하기 시작했기 때문이다.

출판이 작품의 생명과 문학성을 결정하는 데 있어서 얼마나 결정적인 매개 과정인가를 보여 주기 위해 에스카르피는 바이런 유행(byronisme)을 예로 들고 있다. 바이런 유행이란 영국 시인 바이런(G. G. Byron)의 《차일드 해럴드의 여행》의 출간에서 시작된 현상으로 출판업자 존 머리가 낭만적인 독자들의 취향에 맞게 개작한 것이다. 출판업자 머리는 바이런에게 계속 같은 유형의 글을 요구했고, 《차일드 해럴드의 여행》의 독자층의 기호를 위반할 수 있는 바이런의 다른 작품들은 출판하지 못하게 함으로써 작가 바이런은 이 유행에서 벗어날 수 없게 된 것이다. 또 에스카르피가 언급하지는 않았지만 비근한 예로, 사르트르의 소설 《구토》의 경우를 생각할 수도 있다. 사르트르에게 장래가 촉망되는 신진작가로서의 위상을 확립해 준 《구토》의 원래 제목은 《노스탤지어》였다. 그런데 사르트르의 출판인 갈리마르가 《노스탤지어》 대신 《구토》라는 타이틀을 주장한 것이다. 작가의 입장에서 볼 때 출판한다는 것이 자신이 쓴 작품을 타인의 손에 넘기는 사회적 행위이자, 작품이 작가의 손을 떠나 하나의 자율적인 생명체처럼 인간들 사이에서 자신의 길을 걷게 된다는 것을 의미한다면, 출판업자의 역할은 작품의 사회적 탄생에 있어서 산파의 역할과 맞먹는 것이라고 에스카르피는 강조한다. 출판업자란 순산을 위해 분만 이전에 충고를 주는 사람이자 신생아의 삶과 죽음의 심판관(그가 사산을 결정하기도 하니까)이고, 갓 태어난 아이를 돌보며 그에게 옷을 지어주는 사람이자 향후의 미래를 지도하는 사람(《노스탤지어》에서 《구토》로 제목이 바뀌었을 때처럼 텍스트성을 결정지으니까)이고, 심지어는 일종의 노예 상인(바이런의 경우처럼)이기도 하다.

에스카르피는 출판업자의 일을 작품의 선택과 물질적 제작 그리고 배포로 분류하는데, 여기에 해당하는 것은 각각 편집위원회, 제작 사무실, 영업부이다. 출판업자에게 이상적인 것은 계속 출판해 낼 만한 작가를 찾아내는 일일 것이다. 일단 대중이 인정한 작가를 계속 출판하는 일은 상대적으로 새로운 작가를 선보이는 일보다 위험 부담이 덜하기 때문이다. 그래서 출판사에서 잘 쓰는 안정적 전략 중의 하나가 선집 출판인데, 선집 출간은 작가들로 하여금 이미 그 효력이 증명된 창작 형태로 유도할 수 있고, 또 이미 존재하고 있는 대중들의 요구를 지속적으로 만족시킬 수 있다는 이점이 있다. 장기간의 계약서로 출판업자와 연결된 작가들 중 일부는 그 출판업자의 편집위원회에 들어가 해당 출판사의 스타일과 특성을 결정짓는 역할을 하게 된다. 출판사의 편집위원회는 출판업자 자신(쿨리아르 출판사)이나 출판업자의 고문들 중 한 사람(갈리마르 출판사의 장 폴랑)에 의해 지배되며, 대부분 그 출판사 소속 작가들로 구성되어 새로운 작가를 발굴·선택하는 일을 한다.

에스카르피는 출판사의 전략을 소개하는 자리에서 '이론적 독자(public théorique)'라는 개념을 제시하고 있다. 이론적 독자란 출판업자가 이론적으로 상정한 독자층으로, 작품을 선별·제작·판매하는 데 기준이 되는 가상적 독자이다. 출판업자는 작품을 선별하는 차원에서 그 작품의 가능한 독자층이 누구일까를 생각하고, 그 독자층의 기호에 상응하는 글을 골라낸다. 이론적 독자라는 개념은 책의 제작 과정에도 밀접하게 개입한다. 어떤 독자를 상정하느냐에 따라 종이의 질, 크기, 글자체, 삽화 게재 여부, 장정, 표지, 심지어는 출판 부수조차 달라지기 때문이다.

출판업자의 마지막 작업은 책의 판매로서, 판매는 사회적 행위로서의 문학 활동이라는 회로가 완성되기 위한 필수 불가결한 단계이다. 에스카르피의 문학사회학이 담고 있는 중요한 지적 중의 하나는, 책이란 하나의 상품이면서도 일반적 상품의 범주를 벗어난다는 사실이다. 예를 들어 옷감의 경우 재고로 남아도 옷감의 구실을 할 수 있지만, 재고로 남은 책의 유용성은 책의 종이 무게로 환원되고 만다. 한 번 더 문학 활동에 있어서 독자의 역할이 갖는 중요성을 인식하지 않을 수 없다. 사정이 이러한 만큼 재고를 남기지 않으려는 출판업자의 판매 공략은 치열할 수밖에 없는데, 이것을 잘 보여 주는 것이 '삽입 간청(prière d'insérer)'의 역사이다. '삽입 간청'이란 프랑스 책의 뒤표지에 실린, 작품의 내용을 요약·비평하는 글을 이르는 말로, 출판업자들이 책의 홍보를 위해 언론에 게재할 것을 바라며 신문기자들에게 보낸 글에서 유래했다. 출판업자에게 효과적인 광고는 책의 이론적 독자라고 생각되는 독자층을 갖고 있는 언론에 비평을 싣는 일이며, 그의 출판사에 소속한 작가이자 평론가가 해당 출판사의 책에 대한 비평을 쓰기도 한다. 그 비평이 별로 호의적인 것이 아니라도 상관없다. 중요한 것은 사람들이 그 책에 대해서 말한다는 것이다. 아무리 혹독한 평론이라도 칭찬을 늘어놓은 것만큼이나 책의 광고에는 유익하기 때문이다. 이처럼 책의 '학살'이 커다란 상업적 성공을 갖다 주기도 하며, 커다란 스캔들을 빚은 책이야말로 출판업자에게 효자 노릇을 한다고 에스카르피는 지적하고 있다.

작품과 독자와의 만남을 매개하는 두번째 과정이 유통이다. 에스카르피는 책의 경계를 언어의 국경과 사회 집단적 국경이라는 2개의 국경으로 분류하고, 언어의 국경은 번역을 통해 넘을 수 있다 하더라도 성(性)·나이·계급에 따른 사회 집단별 독서의 경계는 쉽사리 허물어질 수 없다고 강조한다. 그것을 잘 보여 주는 단적인 예가 바로 서점의 위치이다. 대학교 주변인가, 성당 옆인가, 고등학교 옆인가, 공장 옆인가, 극장 옆인가에 따라 서점이 노리는 예상 독자층은 확연한 사회적 차이를 드러낸다. 지하철 신문 가판대에서 미셸 푸코(Michel Foucault)나 헤겔의 책을 찾을 수 없다는 것은 주변 인구의 사회·직업적 구조에 상응하는 문화 상품의 분배 구조가 형성되어 있음을 의미한다.

에스카르피는 사회 집단에 따른 독서를 문화인 집단의 독서와 대중적 독서로 나누고 있다. 문화인 집단은 문화적 동일성을 잘 보여 주는 집단으로, 예전에는 귀족에 속했으며 그 이후에는 중등 교육을 통해 문화에 접근한 부르주아, 오늘날에는 지식인 노동자(교육가)나 예술가, 초등 교육 혹은 현대 교육을 받은 노동자일 수 있다. 작가와 문학비평가·교수·출판업자, 즉 문학의 생산과 생산된 문학 관리자들은 바로 이 문화인 집단에서 탄생한다. 에스카르피가 볼 때 프랑스 문화인 집단의 도서 구매는 대개 중간 정도 규모의 서점을 통해 이루어지며, 총 도서 소비 중 매우 한정된 소비에 해당하는 문화인 집단으로의 문학 배포에 중요한 역할을 한다.[9]

그러나 중간 규모의 서점은 작품과 독자의 만남에 있어서 중요한 매개고리를 차지한다. 출판업자는 이론적인 독자를 노려 선택하지만 서점의 선택(진열)은 실제적인 구매자를 위한 선택이기 때문이다. 에스카르피에 의하면 프랑스의 도서 시장 현황에 있어서 이 중간 규모의 서점은 책의 성공에 있어서 결정적인 역할을 하고, 또 서적상의 충고는 출판업자에게 있어서 책의 성공을 가늠할 수 있는 척도이기도 하다. 문화인 집단의 배포 회로에서 빼놓을 수 없는 또 하나의 그룹이 비평가 그룹이다. 비평가 그룹은 문화인 집단의 독자들과 동일한 사회적 환경에 속해 있으며 유사한 교육을 받은 사람이다. 따라서 독자의 한 사람이라고 할 수 있는 비평가가 비평의 대상이 될 작품을 선정한다는 것 자체가 이미 의미심장한 선택이라고 할 수 있다. 에스카르피에 의하면 문화인 집단의 독서는 일련의 계속적인 선택이 서로를 한정하는, 즉 독자들의 반응이 문학 생산의 책임자들에게 전달되는 닫힌 회로(circuit fermé)를 형성한다. 출판사는 출간할 작가와 작품을 선택하며, 출판사의 선택은 서점의 선택을 제한한다. 또 서점의 선택은 독자의 선택을 제한하며, 독자의 선택은 한편에서는 서점의 판매 현황에서 나타나고 혹은 비평을 통해 표현되기도 하는데, 이러한 독자들의 선택은 출판사의 편집위원회에서 수용된다.

---

9) 에스카르피는 대규모 서점으로는 기업형 거대 서점을, 소규모 서점으로는 신문 가판대나 슈퍼 내 서점 진열대를 꼽고 있다.

또 하나의 회로, 즉 대중 문학의 배포는 담배 가게나 역사(驛舍), 혹은 지하철 신문 가판대나 대형 슈퍼마켓에서 이루어지는데, 이곳에서의 책 판매는 어디까지나 부차적인 것으로 다른 상품 예를 들어 생필품과 마찬가지로 취급된다. 과거의 행상인들이 대중들에게 전달했던 여러 연감과 점성술, 금언집과 일화집, 종교적 조언서, 모험담이나 요리책, 기행문이나 연애 소설, 고전문학 작품의 다이제스트판, 삽화 등은 오늘날 여성지라는 형태를 통해 여전히 생명을 유지하고 있다. 대중적 배포에서는 문화인 집단에서와 같은 연속적인 일련의 선택 과정이 존재하지 않으며, 일정 유형의 책이 성공을 거두면 끊임없이 동일한 유형의 책을 펴내어 여러 세대에 걸친 베스트셀러가 탄생하게 된다. 감상적 연애 소설이나 탐정 소설이 이 부류에 속하며, 월터 스콧이나 알렉상드르 뒤마(Alexandre Dumas)의 소설 등이 대표적이다. 닫힌 회로의 책이 대중적 회로에 들어오기도 하는데, 그것은 영화나 텔레비전을 통해 개작되어 대중적 인지도를 얻은 경우이다. 고전 작품을 만화로 개작한 것도 이 경우에 속한다.

소 비

문학 소비의 측면에서 보면 문학의 정의는 전적으로 사회적 동의에 의한 것임을 알 수 있다. 아무런 문학적 의도 없이 썼던 한 개인의 사적인 일기나 편지가 훗날 문학 작품으로 인정받는 경우도 있고, 작가가 문학적 의도를 갖고 썼지만 대중에게 완전히 외면당하는 경우는 비일비재하다. 따라서 창작인의 문학적 의도와 대중의 문학적 수용은 별개의 사실이며, 일정 텍스트를 문학으로 정의하는 것, 특정 유형의 테마나 문체가 문학적 효력을 발휘하는 것은 공동체의 집단적이자 사회적인 동의에 의한 것이다.

에스카르피는 작가와 독자를 연결하는 것, 즉 문화적 공동체로서의 유대감은 교육에서 온다고 주장한다. 교육은 동일한 문화 공동체를 낳고, 그것은 '자명함의 공동체(communauté des évidences)'를 만들어 낸다. 자명함의 공동체란 어떤 것을 정당화하거나 증명할 필요도 없이 자명한 것으로 받아들이는 동일한 성향의 공동체이자 표현 수단의 공동체, 즉 언어적 공동체로서 특정 형태나 이미지·주제·문체 혹은 메타포를 관습과 규범에 따라 시대적 혹은 유파적으로 분류해 낸다. 에스카르피에 따르면 문학 작가란 자신이 속한 그룹의 이데올로기를 받아들이고 변형시키는 존재이다. 그는 그 이데올로기를 전적으로 혹은 부분적으로 거부할 수도 있지만, 어쨌든 그룹의 이데올로기를 벗어날 수 없다는 의미에서 그 자명성의 수인(囚人)이다.

에스카르피의 제안 중 빠뜨릴 수 없는 한 가지는 작가가 속한 그룹 이외의 사회 집단이 텍스트를 받아들이는 경우, 혹은 시대적 한계와 지리적 여건을 가로질러 하나의 텍스트가 문학 텍스트로 인정받게 되는 현상이 '창조적 배반(trahison créatrice)'을 의미한다는 것이다. 창조적 배반이란 작가가 의도적으로 표현하려고 했던 것이 아닌, 심지어는 생각조차 하지 못했던 부분을 독자가 발견해내는 것으로, 작품에서 새로운 의미를 찾아낸다는 의미에서 창조적이지만 작가의 원래 의도와는 무관하다는 점에서 이것은 하나의 배반이다. 텍스트가 생산된 언어적·문화적 경계를 가로질러 이질적인 언어 문화권에서 수용되는 번역 문학의 경우가 창조적 배반의 대표적인 예라고 할 수 있을 것이다. 창조적 배반이라는 개념은 문학 수용의 다의성을 설명해 줄 수 있는 개념으로서, 에스카르피는 텍스트가 담고 있는 배반의 가능성이야말로 텍스트의 진정한 문학성을 형성한다고 말하고 있다.

1958년의 《문학사회학》에 이어 에스카르피는 그가 이끄는 대중 예술 및 기술 · 문학연구소를 중심으로 파리—보르도간 기차 안 승객들의 독서, 혹은 프랑스 군인들의 독서에 대한 연구를 비롯하여 책의 종류와 독서의 양태, 독서의 여건 등에 대한 여러 연구를 남긴 바 있다. 에스카르피와 마찬가지로 경험주의적 사회학을 통해 독서의 문제에 접근한 연구로는 앙리 장 마르탱(Henri-Jean Martin)의 《17세기의 파리의 책, 권력, 사회》, 로제 샤르티에(Roger Chartier)의 《앙시앵 레짐 시대의 독서와 독자》, 로베르 에스티발(Robert Estivals)의 《프랑스 앙시앵 레짐 시대의 합법적 도서 등록(1537- 1791)》 등을 들 수 있다. 특히 에스티발은 비블리오메트리(bibliométrie)라는 방법에 따라 문학적 활동이 어떤 사회적 조건하에서 이루어졌는가, 텍스트들이 생산되고 배포되며 읽혀진 조건들이 어떤 것인가를 보여 준다. 또한 문학 작품의 고전화와 대학 밖 비평과의 관계를 연구한 알랭 바이양(Alain Vaillant)의 연구 역시 실증주의적 통계학을 기반으로 하나의 문학 작품이 어떻게 고전의 반열에 오르는가 하는 과정을 보여 준다.[10]

문학사가 외면하던 출판업자의 역할을 에스카르피가 처음으로 지적한 이후, 출판인에 대한 연구 역시 활발하게 전개되었다.(로제 샤르티에와 앙리 장 마르탱의 《프랑스 출판의 역사》, 또는 파스칼 푸셰(Pascal Fouché)의 《1945년 이후의 프랑스 출판》) 에스카르피의

---

10) Alain Vaillant, *La Perpétuation des oeuvres littéraires française du passé et leur réception par la critique non universitaire(1961-1970)*, Thèse de l'Université de Paris III, 1984.

연구는 출판은 작품을 배포하는 유일한 수단이 아니라는 것을 말해 준다. 출판은 역사적으로 얻어진 기술적 산물이며, 물적 환경과 수단의 발전에 의해 작품의 유포는 또 다른 형태를 띨 수 있는 것이다(예를 들어 최근의 인터넷 출판 같은). 대중에게 널리 알려지지 않았으나 출판업자의 매개자로서의 역할은 지대하다고 할 수 있다. 출판인은 텍스트에 제목을 달거나 텍스트를 수정하는 일에 직접적으로 개입하는 등 글쓰기 과정에 참여할 수 있는 인물인 동시에, 비평가들과 밀접한 관계를 유지하면서 책 읽기 과정에도 밀접하게 개입한다. 오늘날 가스통 갈리마르(Gaston Gallimard)나 베르나르 그라세(Bernard Grasset) 혹은 제롬 랭동(Jerome Lindon)(누보로망 출판사인 미뉘 출판사 편집장)의 활동과 개인적인 문학적 취향을 고려하지 않고 현대 프랑스 문학을 논한다는 것은 불가능하다.

문학사회학에 있어서 에스카르피의 업적은 사회 속에 존재하는 활동 중의 하나로서 문학에 접근했다는 데 있다. 생산·배포·소비라는 틀 아래 진행된 에스카르피의 연구가 이론적 완성에 이르렀다기보다는 여러 분야를 망라하는 산발적인 지적과 제안의 나열에 머물러 있는 것도 사실이다. 또한 1950년대에 발표된 그의 《문학사회학》이 현재의 시각에서 볼 때는 너무나 자명한 것들을 나열했다고 생각할 수도 있을 것이다. 그러나 에스카르피는 작가와 독자들의 나이, 성, 사회적 위치들을 질문하여 그것을 통계화하고 책의 가격, 물질적 형태, 제작과 유통 과정에 대한 비판적 질문을 던진 최초의 학자였다. 그는 작가 인구의 연구에 작가들의 연령층, 성별, 지리적 출신지, 사회적 지위, 생계 문제를 심각하게 질문한 사람이며, 예를 들어 작가의 평균 데뷔 나이라는 중요한 문제에 관심을 가진 연구가이다. 20세에 이름을 날린 작가와 40세가 되어 데뷔한 작가가 상이한 문학적 행로를 걷는다는 것은 익히 짐작할 수 있는 일이지만, 그것을 문제시하고 사회학적 관점에서 그것을 객관화하려고 했던 시도는 에스카르피에게 그 덕을 돌려야 한다.

에스카르피의 또 다른 업적은 문학의 형식성이나 문학 작품이 담고 있는 사회적 의미보다는 사회 속 커뮤니케이션의 하나로서 문학에 접근하면서 문학적 탄생이란 문학적 경험, 즉 독서에 의해 완성된다는 것을 강조했다는 데 있다. 문학이란 생산(창작) 과정뿐 아니라 소비(독서) 과정을 고려할 때 최대한의 이해에 도달하게 된다는 것이다. 한 권의 책은 읽힘으로써 진정으로 존재한다는 사르트르의 주장이 에스카르피에게서 제대로 된 청중을 만난 셈이다. 독서의 문제는 다만 독서의 주체(누가 문학 작품을 읽는가)와 독서의 대상(무엇을 읽는가)의 문제만은 아니다. 그것은 또한 독서의 양태에 대한 질의가 되어야 한다. 기차나 지하철에서 행해지는 독서 행위를 잠시 관찰해 보면 그것은 연속적 독서 행위라거나 텍스트 전체를 주의 깊게 읽어내리는 독서라기보다는, 잠시 시간을 때우기 위한 독서로서 쉽사리 중단되는 것을 알 수 있다. 이러한 현상은 주어진 책을 연속적으로, 주의 깊게, 처음부터 끝까지, 샅샅이 파헤치면서 읽는다는 독서에 대한 관념이 사실상 실제의 독서와는 커다란 상관이 없는 이상화된 모델에 불과하다는 것을 말해 준다. 텍스트의 완결성을 전제로 하는 미학적 분석은 사회 내에 존재하는 여러 독서 양태 중의 하나에 불과한 것이다.

또한 에스카르피의 작업은 문학성의 결정에 있어서 문학 외적 요건이 갖는 중요성을 보여 준다. 삽화가 있는 책인가, 그렇지 않은가? 여러 작가의 글과 함께 한 권으로 출판되었는가, 아니면 독자적으로 출판되었는가? 잡지에 출판되었는가, 아니면 신문 연재 소설이었는가? 극으로 상연된 후 출판되었거나 연재소설이던 것을 훗날 출판한 것처럼 이차적 텍스트가 존재하는 작품인가? 아니면 원래는 소설이었으나 연극이나 영화로 개작되었는가? 이차적 텍스트로 변신했을 경우 작품의 사회적 위상은 어떻게 변신했는가? 혹은 한 권의 책으로 출간되었는가, 아니면 한 장의 카세트나 CD로 출간되었는가 등의 문제는 현실 속에서의 문학 소비가 갖는 다양성을 설명해 줄 수 있을 뿐 아니라 문화적 기호와 경제력과의 관계를 규명해 줄 수 있는 출발점이기도 하다. 출판 과정에서 결정되는 작품의 물질적 측면은 독자의 사회적 질과 규모를 밝혀 줄 수 있는 중요한 지표가 되는 것이다.

마지막으로 에스카르피가 제안한 창조적 배반 개념이 담고 있는 의의를 지적할 수 있다. 앞서 보았듯 창조적 배반이란 작품의 최초 의미에 대립된 새로운 해석이 태어날 수 있으며, 그 새로운 해석이 작품의 의미 중에서 잠재적으로 남아 있던 것을 활성화시키는 것을 의미한다. 이것은 하나의 문학 작품에서 그때까지 알아채지 못했거나, 아니면 부수적으로 간주되었던 요소들이 새로운 해석에 의해 의미를 부여받게 된 현상이다. 즉 에스카르피는 창조적 배반이라는 개념을 통해, 의미화 과정이란 결코 완결된 것이 아니고 텍스트의 (재)창조는 수용과 번역의 충위에서 지속된다는 것을 말함으로써 문학 작품 수용에 대한 연구에 프랑스적인 기초를 제공했던 것이다.

3. 독서의 사회학

문학 생산자(작가의 의도와 전기)에게 집중되었던 문학사회학이 문학 소비자(독자)로 관심을 쏟게 된 데에 또 다른 중요한 동인을 제공했던 것은, 1970년대 독일 비평에서 큰 반응을 얻었던 한스로베르트 야우스(Hans Robert Jauss)와 볼프강 이저(Wolfgang Iser)로 대변되는 콘스탄츠학파의 수용미학이다. 야우스의 중심 개념은 '기대 지평'인데, 기대 지평이란 과거의 독서로부터 축적된 미학적 특질이나 문학의 형식과 규범에 근거한, 작품을 수용하는 독자들의 정신적 범주를 의미한다. 야우스에 의하면 작품이 등장하던 때의 독자의 반응은 최초의 기대 지평일 뿐 작품의 의미를 결정하는 것은 아니다. 만약 문학적 쇄신을 꾀한 작품이 당대의 상투적인 문화 유형을 위반함으로써 독자들의 기대 지평을 만족시키지 못한다면, 그것은 작가의 글쓰기와 독자들의 기대 지평 사이에 존재하는 미학적 거리 때문이다. 훗날 그 작품이 가치를 인정받게 되었다면 그것은 독자들에게 불러일으킬 효과를 예상했던 작가의 지평과, 그 효과를 실제의 수용 과정에서 구체화하는 독자의 지평이 합쳐진 지평의 융합이라고 야우스는 설명한다. 이저에게 있어서의 중심 개념은, 문학 텍스트에는 독자만이 채울 수 있는 빈자리(blank)가 항상 있기 마련이고, 한 텍스트는 이 텍스트의 독서에 필수적일 수밖에 없는, 그 빈자리를 채울 수 있는 이상적 독자의 이미지를 자체 내에 담고 있다는 것이다. 이저는 텍스트 자체가 프로그램한 독서의 모델을 현실의 독자와 구분해서 '내포 독자(implied reader)'라 명명하고, 비평가의 임무는 이 내재적 독자의 경험을 규명하는 일이라고 주장한다.

야우스와 이저의 수용미학은 창작자가 아닌 수용자에게로 조명을 돌렸다는 점에서 문학사회학에서 호의적으로 받아들여졌지만, 실제적 수용이 실현될 수 있는 사회적 조건에 대해서는 침묵했다는 점에서 비판의 대상이 되었다. 작품의 형식과 내용이 상정하고 있는 가상적 독자를 파악하기 위해 작품의 내재성에 주목하고 있는 이저의 연구는, 사실상 내포 독자라는 새로운 개념적 모델 뒤에

숨은 비역사적 해석학이라는 비난을 받았고, 야우스의 수용미학 역시 사회적으로 차별적인 다양한 독자층을 고려하지 않고 일정 시대 독자들의 기대 지평을 단일한 기대 지평으로 간주하고 있는 점이 문제점으로 지적되었다. 또 문학적 경험과 문학적 지식(장르나 문체)을 기대 지평의 유일한 구성 요인으로 보고 있다는 점 역시 한계로 지적되었다. 문학사란 독자가 없다면 아무것도 아니라는 것을 말하고자 했던 수용미학은 텍스트만을 특권적으로 취급함으로써 사회학적 전제들을 무시하는 결과를 낳은 것이다.(디륵스, 2000:114) 수용미학의 이러한 한계를 극복·보안하기 위해 구체적인 사회 집단의 독서를 토대로 한 독서의 사회학은 조제프 유르트와 렌하르트에 의해 이루어졌다.

조제프 유르트

조제프 유르트의 《신문 비평에 의한 문학의 수용》은 1926-1936년간 발표된 조르주 베르나노스(Georges Bernanos)의 소설들이 신문과 잡지 같은 언론 매체에서 어떻게 수용되었는가를 보여 주는 경험주의적 연구이다. 유르트는 이 저서에서 베르나노스 소설에 대한 비평을 담은 언론들의 반응을 정치적 동향에 따라 극우파·우파·부르주아지·가톨릭·온건파·문학적 중도파·진보적 좌파·사회주의 좌파와 공산주의 좌파의 여덟 가지 이데올로기 흐름으로 분류하고, 10년간 발표된 베르나노스의 5개의 소설이 이들 각각의 언론에 의해 어떻게 받아들여졌는가를 보여 준다. 즉 문학 작품의 비평에 각 언론이 표방하는 이데올로기적 성향이 어떻게 반영되는가에 대한 연구이다.

유르트는 베르나노스 작품을 분석 대상으로 선택한 데 대해 베르나노스가 양차 대전 프랑스 문학사에 있어 중요한 위치를 차지하는 작가이고, 또한 매우 특이한 이데올로기 성향의 작가이기 때문이라고 설명한다. 극우적 환경에서 성장했고, 또 문학 활동 초기에는 극우적 성향의 작가였던 베르나노스는 점차 반프랑코주의자·반파시스트·반자본주의자로 탈바꿈했다. 그는 소설가였을 뿐 아니라 저널리스트로서 여러 정치적 글과 에세이를 통해 당대의 사회정치적 현실에 능동적으로 참여했으며, 자신의 작품이 갖는 사회적 커뮤니케이션의 성격을 중요시한 작가이기도 했다. 그에게 있어 책이란 독자를 향한 호소이자 대화의 시작이라는 것이다. 독자들의 의식을 일깨운다는, 특히 그의 주요 독자층이었던 가톨릭 독자층의 낡은 편견을 깬다는 목적, 즉 예술을 가로질러 윤리적 목적에 도달하려 했던 작가가 베르나노스였다.

유르트는 1930년대에 출간된 베르나노스의 《사탄의 태양 아래서》·《위선》·《즐거움》·《범죄》·《시골 사제의 일기》에 대한 여덟 가지 경향의 언론 반응을 경험주의적으로 연구한다. 그는 각 작품의 주요 테마에 대한 언론들의 반응을 도식화하고, 어떤 언론이 작품의 어떤 측면을 중요시하는지, 그렇다면 작품의 그 양상에 대한 언론의 반응은 긍정적인지 부정적인지, 그런 언론의 반응 뒤에는 어떤 가치가 문제시되고 있는지, 혹은 어떤 언론이 작품 또는 작품의 특정 양상에 대해 침묵을 지킨다면 그 이유는 무엇인지 등등을 4백50페이지에 이르는 방대한 저서에서 상세히 설명하고 있다.

유르트에 의하면 베르나노스는 문단 데뷔 시절부터 가톨릭 문학의 범주로 분류되었고, 그의 작품은 악의 관념에 지배당하는 사제 소설로 인식되었다. 먼저 극우파의 반응을 보면, 1920-30년대의 극우파가 중요시하는 테마는 무엇보다도 민족이었다. 극우파의 문학적 이상은 민족을 재현하는 표현이 될 때에만 가치를 얻는다. 극우파가 중요시하는 또 다른 주제는 질서라는 관념인데, 이것은 현재의 사회 질서에 대한 수호가 아니라 과거에는 존재했으나 현재의 공화정 아래에서 실종된 질서, 그래서 다시 부활시켜야 하는 잃어버린 질서에 대한 추구를 의미한다. 따라서 극우파의 문학관은 현재의 사회 질서를 '진정한' 사회 질서가 아닌 무질서로 인식하면서 현재 사회에 대한 비판을 내포하고 있는데, 바로 이런 점 때문에 그들은 베르나노스 소설이 띠고 있는 비극적 색채에 대해 호의적으로 반응한다.

사회의 지배 개념과 기성 질서에 충실한 것이 그 특징인 보수주의와 우파 언론은 명쾌하고 개연성 있는 문학, 일관적인 심리를 보여 주는 문학을 선호한다. 이 분야의 비평가들은 베르나노스 작품의 어둡고 음울한, 병리학적이며 모순적인 등장인물들을 긍정적으로 평가하지 않는데, 그런 등장인물들은 사회적 규범에 적합하지 않다는 것이다. 유르트는 우파 언론이 보여 주는 이러한 태도를 협소한 의미에서의 개인주의적 합리주의라고 정의하고 있다. 유르트는 보수주의와 우파의 독서를 지배하고 있는 또 다른 경향으로 도덕주의를 지적하고 있다. 또한 베르나노스가 작품 속에서 빈한함을 숭고한 가치로 끌어올린 것에 대해 거의 인식하지 않으며, 그의 작품에 나타나는 초자연적인 성격을 보편적이기보다는 특수한 것으로, 과장되고 현실성이 결여된 것으로 파악하는 것도 보수적 언론의 특성이다.

가톨릭 비평 역시 보수주의적 우파 언론과 흡사하지만 여기서는 도덕주의적 비판이 더 강렬하게 부각된다. 가톨릭 비평이 문학에 요구하는 것은 명백한 도덕적 교훈을 보여 줄 수 있는 이상적인 등장인물이다. 가톨릭 비평은 베르나노스 작품이 정신적인 것을 추구한다는 사실을 충분히 인식하고 있지만, 그것을 추구하는 작가의 방식이 거의 정통적이지 않다고 비난한다. 베르나노스에게 있어서 초자연성은 성인(聖人)들과의 교감을 통해 얻어지는 집단적인 것이 아니라 개인주의적으로 취급되어 있다는 것이다. 가톨릭 비평은 베르나노스 작품에서 형이상학적 의미가 구현되었다고 인식하지 않으며, 오히려 도덕적 추문이라고 파악하고 있고, 또한 가난함이 갖는 종교적 가치에도 거의 주의를 기울이지 않는다.

이와 달리 온건파의 비평에서는 도덕주의적 독서나 형이상학적 독서는 찾아볼 수 없다. 온건파 비평을 특징짓는 것은 낙관주의적 세계관으로, 여기서는 베르나노스 작품에서 나타나는 어둡고 음울한 성격을 세상과 사회에 대한 적대성으로 해석하고 그것을 비난한다. 하지만 작가와 동일한 세계관을 공유하지는 않는다 하더라도 온건파 비평은 베르나노스 소설의 문학적 특수성을 인정하고 그 가치를 받아들이는 성향을 보인다. 문학적 중도파는 온건파와 흡사한 반응을 보이는데, 문학적 중도파의 관심은 무엇보다도 순수하게 문학적인 기준에 있다. 여기서는 베르나노스 소설의 미학적 특성이 매우 높게 평가되며 초자연성이라는 테마는 베르나노스 문학의 대표적 특질로서 인식된다. 문학적 중도파는 베르나노스가 작중 인물이 겪는 심리적 갈등을 통해 인간의 보편적 이미지를 보여 주고 있다고 보고, 그의 작품 속에서 구원이 갖는 사회 정의적 차원과 가난함이 갖는 종교적 가치, 돈의 지배에 대한 비난 같은 테마를 읽어낸다.

좌파가 베르나노스 소설에 보이는 반응은 우파보다 미온적이라고 할 수 있는데, 이에 대해 유르트는 선과 악이라는 가톨릭적 이원론이 반교권주의 전통을 자랑하는 좌파에게 있어서 이데올로기적 장벽을 이루기 때문이라고 설명한다. 유르트는 사회학적 연구

자료에 근거해서, 가톨릭 교회가 대외적으로 표방하는 사회적·정치적 입장은 부르주아 계층의 입장과 커다란 교집합을 형성하고 있고, 가톨릭주의의 가치와 규범, 의식(儀式), 믿음 체계는 우파의 정치 이데올로기와 밀접한 상관 관계를 맺고 있다는 점을 지적한다. 베르나노스 소설에 대한 좌파 언론의 상대적으로 미온적인 반응은 이러한 가톨릭적 세계관에 대한 반발로서 이해될 수 있다는 것이다. 이를 잘 증명하는 것이 정치적으로 가장 급진적인 좌파일수록 종교적 규범과의 단절을 가장 공공연히 선언한다는 점이다. 가장 반종교적인 입장을 지닌 공산주의자들의 언론이 베르나노스 작품에 대해 할애하는 몫이 가장 적다는 것은 이러한 시각에서 이해할 수 있다. 가톨릭적 성향을 보여 주는 소수 좌파 비평가들이나, 공산주의 비평가만큼 가톨릭에 적대적이지 않은 진보적 좌파 혹은 사회주의 좌파의 베르나노스 비평은 일반적으로 호의적인데, 이들이 문학 비평에서 중요하게 다루는 것은 가난한 사람들에 대한 작가의 연대성, 사회적 정의나 휴머니즘적 가치 등이다.

언론 비평에 대한 경험적 분석을 토대로 유르트는 매우 중요한 결론을 도출해 낸다. 10년 동안의 베르나노스 소설에 대한 저널리즘 비평을 분석한 결과, 비평가들의 문학적 판단은 비평가 그룹의 이데올로기적 방향성에 의해 지배되며, 작품의 특정 테마를 평가, 심지어는 인식하는 수준에 있어서도 그룹이 갖고 있는 세계관(종교, 인간, 사회)의 의미망이 독서에 적극적으로 개입하고 있다는 사실이다. 이것을 근거로 유르트는 수용의 사회성을 고려하지 않는 야우스의 기대 지평 개념을 논박하면서, 베르나노스 작품의 수용은 전적으로 작품과 독자 사이의 미학적 편차에만 의존하는 것이 아니라고 주장한다. 문학비평가들의 판단, 그것도 전문적인 문학 인사들의 판단을 결정하는 것은 순수한 미학적 감식이 아니라 문학 외적 기준에 따른다는 것이다. 미학적 비평이 특정 세계관에 의한 가치 평가를 암시하지 않은 경우는 거의 드물고, 대부분의 경우 미학적 평가라는 것은 일정한 이데올로기적 입장을 주장하기 위한 것이었다. 이처럼 문학 작품의 평가 기준이 독자들의 문학 외적인 세계관에 의해 결정된다면, 이것은 야우스의 수용미학이 생각하는 것처럼 문학의 독자란 막연하게 동질체가 아니며, 현실에서의 독서는 한 시대의 이데올로기적 갈등을 재생산하는 층위에서 이루어짐을 알 수 있다.

자크 렌하르트

1970년대에 골드만의 소설사회학과 흡사한 방법론을 누보로망 소설에 적용(《소설의 정치적 일기》, 1973)했던 자크 렌하르트는 1982년 헝가리 학자 피에르 조자(Pierre Jozsa)와의 공저로 《독서를 읽는다》를 발표했다. 여기서 렌하르트는 문학사회학에 있어서 그의 스승이었던 골드만의 업적을 부인하지는 않지만, 한 권의 소설이 국가적·사회 계층별 범주에 따라 어떻게 상이한 독서를 보여 주는가를 분석하면서 골드만의 소설사회학 이론이 아닌 독서의 사회학적 관점을 채택하고 있다. 유르트의 연구가 문학비평가들의 비평을 대상으로 "미학적 기준은 기존의 이데올로기적 판단을 확증하는 데 쓰인다"(유르트, 1980:314)는 것을 보여 주었다면, 자크 렌하르트와 피에르 조자의 《독서를 읽는다》는 사회적으로 차등적인 독서란 이데올로기적 집단 현상이라고 설명한다. 렌하르트와 조자는 프랑스 작가 조르주 페렉(Georges Perec)의 《사물들》[11]과 형

---

11) 조르주 페렉, 《사물들》, 허정은 역, 세계사, 1996.

가리 작가 앙드르 페즈(Endre Fejes)의 《녹슨 폐허》라는 두 소설을 선정하여 프랑스와 헝가리의 독자 5백 명에게 읽힌 다음, 그들의 반응을 표현한 설문지를 대상으로 분석을 진행했다. 여기서는 페렉의 《사물들》이 프랑스의 직업적 범주에 따라 어떻게 읽혀졌는지, 사회 집단별 인지의 차이에 대해 살펴보기로 하자.

소설의 시간적 배경은 1960년대 초반이다. 소부르주아 출신의 제롬과 실비는 인생을 즐기고 싶은 마음에, 그리고 학생 생활의 물질적 열악함에 지쳐 대학 학업을 중도 포기한다. 그들은 빈약한 사회심리학 지식을 바탕으로 소비자 구매 동기 조사 연구원이 되어 어느 정도 생활의 윤택함을 맛보기는 하지만, 그것은 부유해지고자 하는 그들의 희망을 만족시키는 정도는 아니다. 제롬과 실비는 늦잠을 자면서 침대에서 뒹굴고 원하는 대로 일과표를 조정하는 일은 대학생일 때에만 가능한 것이고, 언젠가는 그런 삶을 포기해야 한다는 것, 그러한 자유 속에는 함정이 존재한다는 것을 잘 알고 있지만 그런 생활에 대한 미련을 떨쳐 버리지 못한다. 부유해지고자 하는 바람과 협소한 현실적 가능성 사이에서 몇 달과 몇 년이 흘러가고, 알제리 전쟁은 제롬과 실비의 세대에게 커다란 공허감을 안겨 준다. 사물을 소유하겠다는 욕망은 점차 악몽으로 변하고, 제롬과 실비는 튀니지로 도주하는데 그곳은 소비에의 유혹이 거의 없는 곳으로, 다양한 광고가 인간의 원초성이라는 이미지를 그들 머릿속에 가득 채워 준 곳이다. 실비는 고등학교에서 강의를 하고, 제롬은 그의 흥미를 끄는 것을 찾지 못하고 아무 일도 하지 않는다. 욕망도 활동도 목적도 없는 안일한 날들을 보낸 후 그들은 다시 프랑스로 돌아와 보르도에 있는 회사에서 간부직을 얻게 된다. 아직 30세도 되지 않은 그들에게 물질적으로는 비교적 풍족하지만 무미건조한 생활이 전개될 것을 암시하면서 소설은 끝을 맺는다.

렌하르트와 조자는 프랑스 독자 그룹을 엔지니어 · 준-지식인 · 사무원 · 기술자 · 노동자 · 영세 상인이라는 6개로 분류하고, 노동 · 문화 · 사물들을 주요 기준으로 해서 그들의 반응을 탐색한다. 먼저 엔지니어 그룹을 보면, 그들은 작품을 개인의 주관성과 사회의 강제성이라는 두 축으로 파악한다. 그들에게 있어서 자유라는 관념은 풍부한 메타포를 갖는 것으로, 사회적 삶이라는 것은 덫 · 함정 혹은 감옥으로 간주된다. 엔지니어들 중의 일부는 제롬과 실비보다 빨리 사회 생활을 시작한 제롬과 실비의 친구들이 "아무런 주저도 머뭇거림도 없이 쥐덫으로 들어갔다"라고 표현했다. 제롬과 실비의 친구들에 대해 엔지니어들은 "소화되었다" "쥐새끼처럼 끝장났다" 등의 표현을 쓰면서 개인적이고 내적인 실현의 삶이 사회적 필연성에 직면해서 좌절되었음을 강조하고 있다. 엔지니어들은 강제성을 행사하는 사회 내에서의 개인의 진정한 실현이란 불가능한 것으로 인식하고 있다.

엔지니어들은 작가 페렉이 등장인물들의 개인적이고 정신적인 삶을 경시한다고 비난한다. 엔지니어 그룹이 볼 때 페렉은 등장인물들의 개성을 지워 버림으로써 제롬과 실비를 아무런 특징 없는 숙명의 노리개로 만들고, 삶에 있어서 이상의 역할, 개인의 의지와 역동성을 무시하고 있다. 작가에 대한 비난은 테마에 한정된 것이 아니라 문체의 수준에서도 나타난다. 엔지니어 그룹은 페렉의 문체를 탈개인화된 문체라고 비난하면서, 페렉이 차가운 문체를 통해 사회적 결정론이라는 강제적인 사회 공간을 강조하고 개인의 책임성과 주관성이라는 문제를 은폐하고 있다고 판단한다. 이처럼 엔지니어 그룹의 관점은 개인적이고 정신적인 에너지와 거대한 부동의 사회라는 모순적인 2개의 지점, 즉 주체와 체제라는 두 축에 고정되어 있다.

문화라는 주제에 대해 엔지니어들은 진정한 문화와 테크닉의 문화라는 두 가지 문화를 구분하는데, 많은 수가 제롬과 실비는 타락한 양태의 테크닉 문화를 보유하고 있다고 생각한다. "그들이 갖고 있는 테크닉의 문화 덕분으로 그들은 조사원 일을 할 수 있었다"는 응답. 엔지니어들은 제롬과 실비에게 있어서의 문화란 순수하게 공리적인 문화라고 생각하고, 거기에 성찰적이고 비판적인 문화를 대립시킨다. 노동의 관점에서 볼 때 엔지니어들은 제롬과 실비의 조사원으로서의 일이 아무런 의미 없는 일이라고 판단한다. 엔지니어 그룹이 노동 자체를 거부하기 때문이 아니다. 그들이 문제시하는 것은 개인의 주체성을 실현할 수 없는 노동이다. 알제리 전쟁으로 상징되는 정치 참여의 문제에 있어서 엔지니어 그룹은 정치 참여의 중요성을 강조하면서도, 제롬과 실비의 정치적 입장은 '좌파 지식인들의 유행'에 불과하다고 생각한다. 엔지니어가 볼 때 제롬과 실비의 정치 참여는 피상적인 '속물주의'로, '진정한 의식적' 성찰에 의한 것이 아니다. 그리고 제롬과 실비의 피상성은 튀니지 생활의 실패 이유이기도 하다. 엔지니어 그룹에 의하면, 제롬과 실비는 내적인 문제를 해결하기 위해 외적 변화를 시도했던 것이다. "사물이 무엇입니까?"라는 질문에 엔지니어들은 사물이란 사회적 성공인 동시에 소외라고 대답한다. 엔지니어들은 사물이 정신적인 것의 거울이라고 생각하지는 않지만 그렇다고 사물에 모든 문제의 책임이 있다고 생각하지도 않는다. 그들에게 중요한 것은 외면성과 내면성의 투쟁이며, 오직 개인적 의식만이 그 투쟁을 중재할 수 있는 것으로 나타난다.

다음은 준-지식인의 반응이다. 준-지식인이란 기술적 인텔리겐치아라고 불리는 범주로 높은 교육 수준을 갖고 있으며, 학문이나 문화 분야에 종사하는 사람들(대학·작가·예술가·실험실·문화 유통 사업)을 말한다. 지적 노동자란 면에서 그리고 사회적 이동성에 있어서 상승 지향적이며, 또 학력이 높다는 점에서 준-지식인은 엔지니어 그룹과 흡사한 반응을 보이기도 한다. 그러나 엔지니어 그룹이 외면성과 내면성을 인식의 두 축으로 삼고 있다면, 준-지식인은 개인을 외면성과 내면성이 충돌하는 갈등의 장소, 주관성과 사회성이 교차하는 지점으로 간주한다. 이러한 태도는 특히 문화에 대한 그들의 입장에서 확연하게 드러난다. "문화란 해악의 역할을 갖고 있다. 문화는 상상력과 욕망을 발전시킨다. 단순한 사람들은 노동의 필연성을 더 잘 이해하고 있다"는 답변에서 알 수 있듯 준-지식인들은 문화를 부정적으로 간주한다. 제롬과 실비에게 문화는 속임수처럼 작용했다는 것이다. "제롬과 실비는 그들이 지적인 삶에서 상상한 것을 현실로 간주한다. 그들은 악몽을 키운 것이다"라든가, "문화는 현실을 한켠으로 제쳐 놓게 만드는 알리바이이다"라는 응답이 이들의 입장을 잘 보여 준다.

준-지식인들에 의하면 제롬과 실비는 외적 유혹을 그들 존재의 고유한 법칙으로 삼는 오류를 저질렀다. 사물에의 욕망 자체는 조금도 나쁜 것이 아니지만, 그것이 개인을 침잠하게 되면 모든 갈등을 불러일으키는 요인이 된다. 준-지식인들은 소비 사회의 광고가 주는 신화적 측면에 대한 등장인물들의 무감각함, 존재와 소유 사이에서 망설이는 것을 비판하고, 다른 어떤 그룹들보다도 소비 사회의 유혹과 사물에의 욕망에 적대적으로 반응한다. 보르도에 정착한 제롬과 실비의 미래를 작가 페렉을 대신해서 쓴다면 어떤 결말을 지을 것이냐는 물음에, 준-지식인들은 제롬과 실비는 사물의 소유를 통해 권태를 자아내는 건조하고 메마른 삶을 살 것이라며 그들의 미래에 대해 가장 비관적인 상상을 보여 준다. 준-지식인들은 제롬과 실비가 소비 사회에 대한 투쟁을 포기하고 자유에의 꿈을 부인하는 것에 냉혹하게 반응하는 것이다.

엔지니어 그룹이 세상/개인이라는 대립적 사유 양태 속에서 개인의 의지와 에너지를 높게 평가하고, 준-지식인들이 어느 누구도 도망칠 수 없는 모순과 갈등의 장소로서 비극적 개인에 초점을 맞춘다면, 사무원 그룹의 독서는 유아성과 성숙성이라는 두 축을 중심으로 이루어진다. 몽상에 빠져 사회적 필연성에 도전하지 않는 태도가 유아성이라면, 자신의 욕망을 잊고 아무런 즐거움이 없이 거대한 조직의 한 구성원이 될 것을 받아들이는 태도가 성숙성이다. 제롬과 실비의 친구들은 "보다 빨리 이성의 세계에 들어갔다"는 답변에서 읽을 수 있듯, 사무원 그룹은 제롬과 실비에게는 사회 생활에 필요한 심각성과 성숙함이 결여되어 있다고 판단한다. 사무원 그룹은 진지함과 심각함을 하나의 가치로 보고 있는 것이다.

준-지식인들과는 달리, 사무원 그룹은 선택한다는 것을 비극적 행위로 생각하지 않는다. 그들에게 있어서 개인은 주어진 사회적 조건에 따라야 하며, 그 사회적 조건 밖에서 이루어질 수 있는 것은 아무것도 없다. 사실상 그들이 볼 때 《사물들》이라는 소설 속에는 아무런 문제도 없다. 제롬과 실비의 문제는 자유에의 희망과 사물에의 욕망 사이에서 아무것도 선택하지 않음으로써, 달리 말하면 2개를 다 가지려는 데서 나온다. 제롬과 실비의 잘못은 선택을 주저했다는 것이다. 이처럼 사무원 그룹은 《사물들》에서 소비 사회의 문제를 보는 게 아니라, 개인의 행동과 정신 상태의 문제를 읽는다. 그들은 사물들이 소비 사회의 저주받은 마력을 행사한다고 인식하지 않는다. 그들이 볼 때 사물이란 아무런 신비도 없는 것, 있는 그대로의 것으로 '얻을 수 있는 것,' '금전적 가치가 있는 것,' '소유물,' 단적으로 말해서 구매 가능한 상품으로 인식된다.

사무원들은 소설의 등장인물에 대해 극단적인 공격성을 드러내는데, 그들이 가장 못마땅하게 생각하는 것은 등장인물들의 지식인적 위상이다. 사무원 그룹은 제롬과 실비가 서열화된 사회 조직과 노동의 강제성에서 벗어날 수 있었던 것은 그들이 지식인이기 때문이라고 파악한다. 그러나 사무원들이 볼 때, 알제리 전쟁에서 제롬과 실비가 보여 준 태도는 '아무런 위험이 없는' 것으로, '다른 사람이 하는 것처럼 하는 것'에 불과하다. "그들은 그 시대의 지식인들과 행동을 같이하지만 더 멀리 움직여야 할 때가 되면 도피한다"는 답변이 말해 주듯, 사무원들은 소설의 등장인물을 통해 언어 투쟁에서 벗어나지 못하는 지식인들의 비행동성과 무책임성을 비판하고 있다. 사물들이 끊임없는 욕망을 부채질하기 때문에 문화를 그 자체로 모순적인 욕망의 덩어리로 간주하는 준-지식인들과는 달리, 사무원 그룹이 중요하게 생각하는 것은 문화의 산물을 사용하는 방식이다. 사무원들은 문화가 직업적 성공으로 가는 수단이 된다는 면에서 문화의 유용성을 인정하지만, 문화란 소유하는 것만으로는 충분하지 않다고 생각한다. 사무원들에게 중요한 것은 문화를 어떻게 이용하는가이다. 그들이 볼 때 문화는 가치 있는 기능을 수행할 수 있게 해주는 동시에, 소설의 등장인물들로 하여금 현실감을 잃고 환상적 세계를 만들어 내는 부정적 역할도 한다.

사회의 중간층을 차지하는 사무원 그룹은 이처럼 기성의 사회 규범에 복종하는 성향을 보인다. 그러나 그것은 열의에 찬 적극적 복종이 아니라 말 그대로 복종, 하나의 포기 상태이다. 사무원 그룹에게 있어서 나쁘거나 부정적인 것의 모든 무게를 짊어져야 하는 것은 개인 각자의 몫이다. 그리고 성숙함이란 어디까지나 가정에 불과한 꿈을 꾸기보다는 실현 가능성이 있는 작은 것을 인정하고 받아들이는 태도이다. 렌하르트에 의하면 이것은 거대한 사회구조에 저항해서 그것을 변형시키는 데 있어서의 사무원 그룹의 무기력함을 말해 준다.

기술자들의 독서를 지배하는 것은 직업적 역동성/환상적 삶이라는 대립이다.[12] 그들이 볼 때 제롬과 실비의 가장 커다란 오류는 학업을 중단한 것이다. 유리한 직장 생활을 보장해 줄 수 있는 학업을 중단했다는 것은 등장인물들에게 의지와 진지함이 결여되어 있다는 증거이다. 뒤에서 살펴보게 될 노동자 그룹이 경제적 필연성으로서의 노동의 중요성을 강조한다면, 기술자들은 일 자체보다는 직업의 중요성을 강조한다. 그들에게 있어서 직업이란 배움이요, 전문화 과정, 생산성이자 유용성이고, 안정성을 의미하기 때문이다. 따라서 기술자 그룹은 제롬과 실비의 '손쉬운 삶'에 대한 사랑을 비난한다. 거기서는 의지나 노력 같은 것을 찾아볼 수 없기 때문인데, 개인적 의지로 삶을 개척하지 않는다는 것은 기술자 그룹에게는 용납되지 않는 태도이다.

엔지니어 그룹이나 준-지식인, 사무원 그룹이 문화 혹은 교양을 후천적으로 습득할 수 있다고 생각한다면, 기술자 그룹은 문화를 '미에 대한 사랑' '기호' 혹은 '본능'의 문제로 간주한다. 또한 기술자들에게 있어서 문화란 역동성과 진보를 의미하는 것이자, 삶을 긍정적이고 적극적인 것으로 만들어 줄 수 있는 어떤 것이다.

---

12) 렌하르트는 엔지니어와 기술자가 어떤 차이가 있는지 명확하게 밝히지 않고 있지만, 그의 글로 미루어 짐작하건대 고등 교육을 받은 이공계 종사자가 엔지니어라면 기술자 그룹은 숙련공에 해당한다고 생각할 수 있다.

문화에 대해 이러한 생각을 갖고 있는 기술자 그룹은 제롬과 실비의 문화적 소양이란 쓸데없이 삶을 복잡하게 만들어 버린 부정적인 것이라고 파악한다. 기술자들에게 있어서 사물이란 골동품이나 그릇처럼 인간의 삶에 동반하거나 삶을 둘러싸고 있는 것에 불과할 뿐 존재/소유, 살다/사다 등의 대립은 나타나지 않으며, 그들에게 있어서 사물이란 그저 삶과 감정에 결부된 그 무엇이다. "사물, 그것은 구매하는 것이고 행복하게 해주는 것이다," "사물은 사는 사람의 개성의 일부분을 이룬다"는 답변에서 알 수 있듯, 기술자들은 주체/객체의 대립을 보여 주지 않는다. 사물이란 생활 주변의 '친근한' 대상일 뿐이다.

기술자들에게 있어서 자유와 모험이란 직업적 안정, 사회 서열, 권위 등의 문제와 합치할 수 없다. 따라서 제롬과 실비의 태도는 사회 생활에 대한 방임이다. 작가를 대신해서 소설의 결말을 맺는다면 어떻게 하겠느냐는 물음에 대해 기술자 그룹은 소설 등장인물들에게 적대적인 반응을 보인다. "간부라고! 이건 정말 웃기지도 않다. 여러 차례 직장을 바꾸고 간부가 된다는 것은 말도 안 된다. 그건 정말 내 성을 돋구는 일이다"는 응답. 기술자들은 제롬과 실비가 처벌을 받거나 혹은 자기 파괴(자살)를 하는 게 더 자연스러운 결말이라고 생각한다. 기술자 그룹의 이러한 반응은 제롬과 실비의 직업적 성공 그 자체가 아니라 직업적 성공에 필수적인 교육, 성격적 강인함, 의지의 결여에도 불구하고 그들이 그처럼 높은 자리를 차지했다는 소설적 결말에 대한 공격성이라고 할 수 있다.

노동자 그룹의 경우, 《사물들》의 독서에서 지배적으로 나타나는 것은 공동체적 시각이다. 노동자들이 볼 때 자유에 대한 제롬과 실비의 열망은 추상적이며, 그들이 주장하는 자유는 거짓의 가치이다. 노동자 그룹에게 있어서 자유의 문제란 무엇보다도 정치적 문제이자 집단적 해방의 문제이다. 그런데 제롬과 실비에게 있어서 이 집단적 해방의 문제는 개인적 차원에 고립되어 있다. 노동자들은 알제리 전쟁에 대한 제롬과 실비의 정치 참여가 '순진하고 비현실적인 인도주의'에 불과하고, 구체적인 집단적 투쟁이라기보다는 추상적 차원에 머물러 있다고 판단한다. 이처럼 노동자들은 공동체적 관점을 중요시하고 있는데, 그들의 공동체적 주장은 가족을 행복의 단위로 규정하는 데서도 나타난다. 노동자들이 모두 가정적이기 때문이 아니다. 그들에게 있어서 하나의 존재란 공존을 통해서만 정의되기 때문이다. 이러한 관점은 노동에 대해서도 마찬가지이다. 노동자들은 사회적 인간이란 노동을 위한 존재이자 집단을 위한 존재라고 인식한다. 그들은 노동을 부인하지 않을 뿐더러 그것을 투쟁의 수단으로 파악하고 있으며, 사회 생활이란 개인을 고독으로부터 방어하는 연대성이라고 생각한다. 노동자들은 제롬과 실비가 불가능한 것을 염원하였다고, 즉 주어진 여건 내에서 그들의 욕망을 조절하지 못하였다고 비난하고 있다. 노동자들은 문화라는 것을 천부적 자질로 인식하지 않고 문화란 교육을 통해 얻어진다고 생각하며, 문화란 실용적 기능을 갖고 있고 또한 의식을 일깨우는 수단이라고 생각한다. 문화의 유용성은 어디까지나 집단적 삶을 조직하고 집단에 대한 성찰을 북돋우는 데 있는 것이다. 따라서 순수하게 지적인 문화, 독창성의 추구 같은 것은 노동자들의 문화 개념에 전혀 이질적인 것이다. 노동자 그룹은 정치 투쟁에 있어서 문화의 중요성을 인정하고 있으며, 무상의 문화는 문화가 아닌 것처럼 간주한다. "제롬과 실비가 교양이 있습니까?"라는 질문에 노동자들의 답변은 한결같았다. 그들이 볼 때 제롬과 실비의 문화는 지적이자 미적인 장신구에 불과하며, 그들의 부부 관계는 각각의 고독을 쫓기 위한 차가운 행동으로 파악된다. 노동자들이 볼 때 제롬과 실비는 개인주의 속에 빠져 있으며, 삶에 대한 열정이 결여되어 있다. 제롬과 실비의 관계에는 강렬한 가족적 향기가 부족한 것이다.

영세 상인 그룹은 제롬과 실비의 행적을 통해 사회적 문제를 인식하기보다는 개인의 행동을 선과 악으로 판단하는 윤리학을 보여 준다. 영세 상인들의 반응의 특징은 그들은 마치 제롬과 실비의 부모라도 되는 것처럼 이해심 많고 보호자적인 태도로 충고하기를 좋아한다는 점이다. 그리고 그 충고는 무엇보다도 도덕적이다. 그들은 제롬과 실비의 자유에 대한 열망을 잘 이해하고 있었지만, 그런 추구는 공허하다고 판단한다. 자유란 개성이 발현될 수 있는 직업적 실천을 위해 조직되어야 하기 때문이다. 영세 상인들의 보호자적인 태도는 자주 비난으로 기울기도 하는데, 그들이 비난하는 것은 제롬과 실비의 나태함, 야심의 결여, 역동성의 부재이다. 제롬과 실비의 이상을 이해는 하지만, 그 이상을 실현시킬 만한 구체적인 노력이 부족하다는 것이다. 이처럼 영세 상인에게 문제되는 것은 개인적 에너지, 역동성이다. 제롬과 실비가 튀니지로 떠난 것에 대해 영세 상인들은 하나의 시도를 모색했다는 점에서 긍정적으로 평가하지만, 미래를 개척하는 데 있어서는 역동성의 결여를 지적한다.

영세 상인 그룹은 문화를 천부적 능력과 관련된 것으로 파악한다. 또 문화란 개인의 천부적 능력을 도덕적 차원으로 고양시킬 수 있는 의지와 노력을 포함하는 것이라고 생각한다. "제롬과 실비는 지식인의 문화를 갖고 있지만 그에 견줄 만한 도덕적 문화는 갖고 있지 않다." "다른 사람들에 의해 이끌려 가도록 내버려둔다면 그것은 교양이 부족하다는 말이다"라는 답변은, 이 그룹에게 있어서 문화란 무엇보다도 도덕적 차원에 속하며, 의지의 결여는 문화의 결여라는 생각을 반영한다. 영세 상인 그룹은 문화를 기호와 천부적 성향과 의지의 결합체로 간주하는데, 제롬과 실비의 문제는 바로 의지의 결여에서 비롯되었다는 것이다. 영세 상인 그룹에게 있어서 문화는 종종 멋진 사물들, 수준 높은 생활, 뛰어난 감식안 등과 동의어로 인식되며, 반드시 현실 감각과 균형을 이루어야 한다. "문화는 제롬과 실비로 하여금 소설의 서두에 묘사된 삶을 살겠다는 열망을 심어 주었다. 그러나 그들은 거기에 이를 만한 의지도 수단도 없다." "그들이 교양이 없었다면 검소한 상황에도 만족할 수 있었을 것이다"는 응답. 이처럼 소상인들은 균형이라는 사고에 중요성을 부여한다. 문화에 있어서 타고난 성향과 의지와의 균형, 돈과 안락함에 대한 욕망과 모험적 삶에 대한 욕망의 균형 등등. 이것은 욕망과 수단 사이의 균형이다. 소상인들이 볼 때 제롬과 실비는 이 균형감을 결여하고 있으며 '젊은이다운' 극단으로 치닫는 것이 문제이다. 소상인 그룹의 또 하나의 특징은 페렉의 소설을 해피 엔드로 끝맺고 싶어한다는 점이다. 이들은 원칙적으로 작가의 결말에 만족하지만, '제롬과 실비가 보르도에 정착한 후 아이가 태어나는 것'으로 소설이 끝나기를 희망한다.

렌하르트의 연구는 대학 내 문학 전문가들의 비평적 전통이 아닌 속인과 일반인의 독서를 엿보려는 시도라고 할 수 있다. 렌하르트와 유르트의 연구는 한 텍스트의 독서가 보여 주는 인식과 판단의 틀은 매우 다양하며, 야우스가 말하듯 한 시대의 단일한 기대 지평이 아니라 다양한 기대 지평이 존재한다는 것을 시사한다. 또한 이런 연구는 사회 내의 독서 층위를 파악하는 데 있어서, 수용자의 사회적 조건이 결정적인 매개 변수를 형성한다는 점을 증명해 보였다. 텍스트 속에서 대상을 구성하고 인식하며 판단하는 일체의 미학적 과정에 있어서 사회 집단적 소속성이나 이데올로 기적 입장은 책을 어떻게 읽어야 할 것인가를 미리 결정함으로써 독서과정을 상위 조정한다. 이러한 방법을 보다 섬세한 집단별 연구에 적용한다면, 분석가 개인의 텍스트 이해가 아니라 한 사회가 텍스트를 인식하고 평가하는 방식에 대한 다층적인 접근이 가능할 것이다. 누가, 언제, 어디서, 무엇을, 어떻게 읽는가에 대해 잠시만 생각해 보면 기업 경영인과 공장노동자의 독서 기호, 남성 독자와 여성 독자의 독서 기호는 커다란 차이가 있음을 알 수 있다. 이러한 질의는 꼭 문학적이지만은 않은 모든 독서의 사회적 용도에 대한 질의로 이어질 수 있다.[13]

〈사회 속의 문학〉은 현실의 독자와 독서 행위로 시야를 확장하면서 문학사회학을 텍스트주의의 한계에서 벗어나게 해주었다. 에스카르피·유르트·렌하르트의 작업이 기존의 문학사회학이 보여 주던 마르크스주의의 이념적 구호성을 극복하고 있다는 것 역시 〈사회 속의 문학〉 방법론이 보여 주는 신선함이라고 할 수 있다.

그러나 해석학적 접근과의 단절을 보여 준 II장의 문학사회학에 쏟아지는 비난 역시 만만치 않다. 에스카르피의 문학사회학은 문학적 경험의 신비를 설명할 수 없다는, 즉 텍스트의 미학을 간과 했다는 비판이다. '창조적 배반'이라는 개념을 통해 독자들의 상이한 문학적 경험을 정의했던 에스카르피였지만, 경험주의적 사회학에 토대를 둔 그의 문학사회학이 책의 사회학이나 독서의 사

---

13) 프랑스 국립통계경제연구소(INSEE)는 이런 연구를 지원하고 있는데, 이것은 독서 인구의 감소를 우려하여 독서 현황의 파악을 통해 국민의 문화생활을 민주화하고자 하는 시도의 하나이다.

회학으로 흐르고 있는 것은 사실이다. 에스카르피는 라신이나 카뮈의 작품이 어떤 의미를 담고 있는지에 대해서는 설명하고 있지 않으며, 그들 작품에 대한 새로운 독법을 제시하는 것도 아니다. 에스카르피의 문학사회학은 작품이 가져다 주는 미학적 경험에 대해서는 새로운 정보를 전혀 가져다 주지 않는 것이다. 피에르 지마는 에스카르피가 이끄는 보르도학파의 연구는 작품의 질과 양 사이의 상관 관계를 무시함으로써 왜 특정 작품이 다른 작품들을 제치고 성공을 거두었는지를 설명하지 못한다고 비난한다.(디륵스, 2000:106) 고급 문학과 대중 문학 사이에 엄연히 존재하는 미학적 가치의 차이를 무시한 채 양자를 동일하게 취급함으로써, 그 미학적 가치의 차이가 갖는 사회적 의미를 간과하고 있다는 것이다.

이 글의 독자는 〈문학 속의 사회〉는 지나치게 문학(철학)적이어서 충분히 사회학적이지 않고, 또 〈사회 속의 문학〉은 문학성을 경시한 사회학주의라고 비난할 수도 있을 것이다. 문학사회학은 텍스트를 강조하면 사회성이 간과되고, 사회성을 따지자면 작품의 미학이 무시되는, 어디로 보나 비판을 피할 수 없고, 개별적인 두 분야 사이의 불편하기 짝이 없는 양다리 걸치기라고 생각할 수도 있을 것이다. 과연 그럴까? 텍스트가 사회와 등가일까? 문학사회학이 문학과 사회를 동등하게 취급해야 할까?

III

문학장: 매개의 공간

텍스트는 사회와 등가물이 아니다. 문학 텍스트가 독서의 층위에서 다양한 해석의 가능성을 담고 있다는 것은 사실이다. 그러나 한 작품에 대한 새로운 독법은 역사적이며 사회적인 현상의 하나이다. 문학이 독자에게 신비하고 초월적인 미학적 경험을 가져다주는 것 역시 사실이다. 그러나 독자가 경험하는 그 미학적 경험이 아무리 대단한 것이라고 하더라도 그것들은 독자가 속해 있는 사회와 전적으로 고립된 것이 아니다. 텍스트의 초월적 미학과 해석적 가능성이 무엇이든간에, 그것들은 그 미학을 인식하고 그 해석적 가능성을 개척하는 독자의 존재, 시·공간에 의해 한정되고 사회적 환경에 영향을 받는 사회적 존재와 분리되어 생각할 수 없다. "텍스트와 텍스트 외적이라는 구분은 마치 텍스트라는 것이 독자적인 공간을 갖고 구별될 수 있다는 생각에 근거하고 있다. 〈문학 속의 사회〉 이론은 텍스트를 담론으로 취급하며 거기서 사회성을 읽으려 한다. 〈사회 속의 문학〉 이론은 무엇보다도 텍스트를 사회적 행위로 고찰하고, 그 사회적 행위의 집단적·이데올로기적 편차에 주목한다. 그러나 두 이론은 모두 텍스트의 독자성이라는, 현실에 대한 그릇된 관념을 보여 줌으로써 그 담론과 그 사회적 행위가 하나의 동일한 사회적 공간에서 이루어지고 있다는 사실을 간과하고 있다."(디륵스, 2000:119) 과거의 문학사회학이 텍스트와 사회 사이에 설정해둔 이 환상적 경계를 허물고 텍스트로서의 문학과 사회적 행위로서의 문학을 통합적으로 접근하는 이가 피에르 부르디외이다. 문학 텍스트와 문학 행위를 생산하고 소비하는 모든 문학적 실천을 매개하는 공간이자 자율적인 사회적 소우주, 피에르 부르디외는 이것을 문학장이라 부르면서 문학장 개념을 통해 문학의 가치 창조에 개입하는 사회적 조건을 질문하고 있다.

1. 문학장과 아비투스: 피에르 부르디외

부르디외는 1958년의 《알제리의 사회학》을 필두로 해서 《예술의 사랑》(1966), 《사회학자라는 직업》(1968), 《구별짓기》(1979), 《호모 아카데미쿠스》(1984), 《마르틴 하이데거의 정치적 존재론》(1988), 《국가 귀족》(1989), 《세계의 비참》(1993) 같은, 인문과학 전반에서 왕성한 저작 활동을 통해 세계적인 학자로서의 입지를 구축하였다. 프랑스에서 오늘날 부르디외의 접근 방식에 몇 페이지를 할애하지 않는 사회학 개론서는 없다. 그의 타당성을 강조하기 위해서든, 그의 한계를 밝히기 위해서든 부르디외는 마르크스 · 베버(M. Weber) · 뒤르켐(E. Durkheim)과 동등한 자격으로 사회경제 전공 과정의 프로그램에 포함되어 있다. 사회학자로서의 부르디외는 음료를 선택하거나 영화를 고르는 일, 좌익과 우익 중 누구에게 투표할 것인가, 옷을 어디서 구매하는가, 혹은 휴가나 주말을 무엇하며 보낼 것인가 하는 매우 구체적이고 일상적인 개인의 문화적 선택과 기호를 형성하는 데 있어서의 사회적 결정성을 규명하는 데 커다란 기여를 했다. 특히 그가 발행하는 《사회과학

연구학보》는 부차적이라고 여겨지는 예술적 실천, 즉 만화나 추리소설·사진·재즈·록 음악 등과 같은 문화적 소비에 관한 상당수의 논문을 발표하며 예술사회학과 문화사회학을 발전시키는 데 많은 역할을 했다. 문학 분야 전공자들이 즐겨 찾는 부르디외의 저서는 그의 문학장 이론이 집대성된 《예술의 규칙》(1992), 문화적 기호의 사회학을 다룬 《구별짓기》, 언어학적 고찰이 담겨 있는 《말한다는 것이 의미하는 것》(1982)이다. 여기서는 《예술의 규칙》과, 그의 아비투스 개념을 집약하고 있는 《실천 감각》(1980)을 중심으로 부르디외 사회학의 대표적인 두 개념, 문학장과 아비투스를 살펴보기로 한다.

상대적 자율성의 공간

프랑스 사회학자 피에르 부르디외가 내세운 장의 개념이 처음으로 설명된 것은 사르트르의 《현대》지에서이다. 1966년 〈지식의 장과 창조적 기도 Champ intellectuel et projet créateur〉라는 이 논문에서 부르디외는, 예술 작품을 구상하는 창조적 기도(projet; 사르트르적 영향력이 물씬 나는 용어가 아닐 수 없다[14])는 그 지적 활동이 전개되는 사회적 공간의 고유한 논리에 따라 이루어지며, 그 사회적 공간의 영향을 받고, 또 그렇게 창조되어 출판된 예술 작품은 다시 그 사회적 공간에 영향을 미친다는 것을 말하고 있다.

하나의 사회적 활동에 장이란 이름을 붙이기 위해서는, 그 사회적 활동이 상대적 자율성을 확보해야 한다. 역사적으로 볼 때 문학이 사회 속에서 항상 자율적인 활동이었던 것은 아니다. 문학이 문학 그 자체로서의 존재 이유를 갖고 있었던 것은 아니라는 뜻이다. 과거의 예술가들은 교회나 왕실의 직접적인 주문하에서 작품을 창작했고, 예술은 예술 작품을 주문한 고객에 대한 봉사로서 존재했다. 현재와 같이 문학이 독자적인 사회적 공간(전업 작가, 문학 출판사, 문학 독자, 문학 잡지 등등)을 형성하며, 고유한 상징적 위상('문학적 가치')을 확보했을 때에만 문학장이라 칭할 수 있다.

문학장의 탄생: 부르디외는 프랑스에서 문학장의 탄생을 1848년 2월 혁명 이후로 보고 있는데, 이것은 프랑스 혁명 이후 정치적·경제적 분야에서 부르주아지의 권력 장악과 밀접한 관계가 있다. 부르주아지가 권력을 장악하게 되자 작가들과 지배 세력과의 구조적 종속 관계는 두 가지 형태를 띠고 나타나게 된다. 하나는 시장 법칙으로, 시장의 인준과 제약은 판매 부수나 수입금 같은 직접적 통제나, 신문·출판·삽화 같은 산업 문학이 제공하는 여러 새로운 일자리를 통해 간접적으로 행사된다. 다른 하나는 살롱의 중개로서, 일부 작가들을 국가적 후원(연금, 아카데미 프랑세즈 같은 명예직의 수요)을 통해 상류 사회로 끌어들이는 형태이다.

---

14) 부르디외에게 지적으로 커다란 영향력을 행사한 사람들은 마르크스·막스 베버·뒤르켐 등이다. 부르디외는 자신의 관계적(relationnel) 사유를 에른스트 카시러(Ernst Cassirer)의 덕으로 돌리고 있으며, 그의 예술사회학에 직접적인 영향을 준 사람들로는 파노프스키(Erwin Panofsky)와 백산달(Michael Baxandall)을 들고 있다. 부르디외는 《예술의 규칙》에서 〈총체적 지식인과 전지전능한 사유의 환상〉이라는 제목 아래 사르트르에 페이지를 할애하고 있는데, 이것은 작가와 지식인을 정의하는 사르트르의 유명한 명제('자유롭도록 선고받았다')가 사실상 지식인장 내부에서 행사되는 강제와 힘들의 역학 관계를 간과하고 있음을 비판하는 글이다. ("사르트르가 표현한 불편함은 '지식인으로 존재한다'라는 고통이지, '지식인 세계 속에 존재한다'는 불편함은 아니다. [총체적 지식인을 구현했던 사르트르는] 마치 물고기가 물 속을 노닐 듯 그 지식인 세계 속에서 살았던 것이다."(부르디외, 1992:297)) 그러나 정치적·사회적의 현안에 적극 참여해서 억압받는 계층을 옹호하겠다는, 1990년대 이후로 부르디외가 보여 준 여러 행보는 사회 비판적 지식인으로서의 역할을 수행하겠다는, 사르트르 이후 프랑스 지성사에 하나의 전통이 되어 버린 지식인으로서의 존재 양식을 받아들인 것이라고 할 수 있다.

문학장의 탄생은 예술 생산자에 대한 부르주아지의 이 두 가지 통제에 대한 반발로서 설명된다. 보들레르(C.-P. Baudelaire)와 플로베르 같은 순수 예술을 지지하는 작가들은 사회의 지배 세력인 부르주아지가 순응주의적 문인이나 예술가들을 제도적으로 축성(祝聖, consécration)하는 데에 반항하면서, 예술에 있어서 부르주아지의 그러한 사회적 인정과는 단절된, 고립된 우주로서의 예술 세계를 형성하기 시작한다. 그들은 지배 계층과의 단절을 예술가의 존재 원칙으로 규정하면서 '예술을 위한 예술'을 부르주아 계층과 부르주아 예술에 대립시켰다. 부르주아 지배에 대한 예술가들의 이러한 반발은 쿠데타로 정권을 쥔 나폴레옹 3세의 제2제정이 정치적 암흑기라는 사실에서도 설명된다. 예술가들과 작가들은 2월 혁명의 좌절에서 현실 세계에 대한 환멸을 느끼며 비정치적인 순수 예술을 이상으로 삼은 것이다. 이들은 사회적 예술의 주장자들과 사실주의자들의 휴머니즘에 대립하면서, 개인주의적 귀족성을 주장하고 진보적이건 보수적이건 모든 형태의 미덕의 과시에 반발했다. 그리하여 정치적 문제나 도덕적 요청에는 무관심하고 전적으로 창작에만 몰두하는 작가, 오직 자신의 예술이 갖는 특수한 규범 이외에는 일체의 심급 기관을 인정하지 않는 '순수' 예술가라는 새로운 사회적 인물이 창조된 것이다.

　순수 예술가들의 반항은 물질주의를 숭배하는 부르주아 예술가에 대한 거부로 나타난다. 부르주아 예술가는 대중과 권력에 대한 굴종의 대가인 물질적 성공과 대중적 명성을 과시함으로써 예술을 상업적으로 거래할 수 있다는 것을 보여 주기 때문이다. 순수 예술가와 부르주아 예술가의 상이한 문학 생산 메커니즘을 보여 주는 것이 문학장 내에 존재하는 2개의 하위장 개념이다. 하나는 '제한적 생산의 장'으로, 보들레르나 플로베르의 작품이 출판 당시 소수의 동료 작가들이나 감식가들에게만 인정을 받은 것처럼 문학 생산자들이 동료이자 경쟁자이기도 한 다른 생산자들을 고객(독자)으로 하는 장이고, 다른 하나는 대중의 기호에 종속되어 있는 '거대 생산의 장'이다. 따라서 문학장의 탄생이란 정치와 경제의 문제에서 해방되고자 하는 제한적 생산의 장의 요구('예술을 위한 예술')가 문학의 규범으로 자리잡은 것을 의미한다. 제한적 생산장의 순수 예술가들은 세속적 영광과의 단절 자체에서 그들의 문학적 영감을 끌어올리며, '신성한' 영역에 이해 관계를 도입하는 사람들, '순수한' 생산에서 세속적 이익을 보려는 모든 사람들을 단죄한다. 예술가들은 이렇게 그들의 주요 고객이었던 부르주아의 요구에서 해방되어 그들의 예술적 규범만을 최고의 요구로 하는 상징적 혁명을 이루어 낸 것이다.

종교나 국가 같은 과거의 심급 기관이 실종됨에 따라 상대적 자율성을 획득한 사회적 공간, 이것이 바로 문학장이다. 부르디외는 문학장의 자율성은 어디까지 상대적인 자율성으로, 문학장은 정치의 장과 경제의 장에 상대적으로 종속된 세계라고 설명한다. 장의 자율성의 정도는 시대에 따라, 국가적 전통에 따라 상이하며, 역사적으로 축적된 상징적 자산에 따라 달라질 수 있는 것이다. 프랑스 사회에서처럼 문학장이 고도의 자율성에 이른 경우, 문학 생산자들은 축적된 집단적 자산의 이름으로 세속적 권력의 강제나 요구를 무시하거나, 더 나아가 문학장 내의 고유한 원칙과 규범을 세속적 권력에 대립시키기도 한다. 에밀 졸라(Émile Zola)와 사르트르 이후 지식인의 구성적 특성이 된 자유와 비평의 전통은 문학장의 지배자이고자 하는 모든 이들이 스스로에게 부과하는 행위가 된 것이다. 이처럼 문학장이란 "제도에 대한 자유가 제도 속에 새겨져 있는 역설적인 공간"(부르디외, 1992:359)으로, 장에 들어

오는 모든 이들에게 고유한 규범을 강제하는 공간이다.

문학장의 두 극: 길고 느린 자율화 과정을 거쳐 탄생된 문학장에 새로운 심급 기관으로 등장한 것은 경제적 이윤과 상징적 이윤이라는 2개의 익명의 요구이다. 이것은 작품이라고 하는 상징적 자산이 '상품'인 동시에 '의미'라고 하는 이중의 얼굴을 갖는 데서 기인한다. 시장 경제를 위한 문화 생산물에 대한 반발에서 태어났으며, 오직 상징적 가치의 인정을 얻기 위한 '순수' 예술 작품의 출현은, 그것이 갖는 상징으로서의 가치와 상품으로서의 가치가 상대적으로 독립적인 탓에 문학장에 고유한 경제 논리를 발생시켰다.

먼저 자율성의 극에서 보면, 자율성의 극을 지배하는 것은 순수 예술의 '반경제' 논리로 경제적 초연함을 과시하고 상업적 경제를 부정한다(제한적 생산의 장). 그러나 경제적 이윤에 대한 부정은 단기간에 한할 뿐이다. 반경제 논리에 의하면 문화 생산이란 오직 문화 생산 그 자체를 목적으로 한다고 생각하며, 장기간에 걸친 상징적 자본의 축적을 필요로 한다. 상징적 자본이란 경제에 대해 초연함을 유지할 수 있는 일종의 (예술을 위한) 예술가적인 신용이라고 할 수 있는 것으로, 자율성의 극이 작가에게 행사하는 가장 무서운 징계는 성직자에게 있어서의 파문이나 기업가에게 있어서의 파산과 맞먹는 예술가로서의 신용의 추락이다. 자율성의 극에서의 대표적인 문화 기획으로 미뉘 출판사를 들 수 있는데, 미뉘 출판사는 10명의 직원을 고용하고 있으며 연간 20권 이내의 책을 발행한다. 광고에는 거의 투자하지 않으며, 한 권의 책을 출간할 때는 3천 부 이하를 찍으며, 대부분의 책들은 출간 초기에는 대개 5백 부 이하의 판매 부수를 기록하는 등 적자만 가져다줄 뿐이지만, 미뉘 출판사는 《고도를 기다리며》 같은 유명한 책들이 규칙적으로 벌어들이는 이윤으로 유지해 간다. 미뉘 출판사의 경우가 그러하듯, 자율성의 법칙이 지배하는 문화적 기획들은 소속 출판사들의 작가들로 구성된 자문위원의 도움을 받아 작가들과 개인적 친분 관계를 유지하고 있다. 이 영역에서는 당장에는 해당 문화 상품을 희망하는 시장이 부재한, 즉 미래의 시장을 겨냥한 문화적 기획이 행해지며 그에 따른 위험 부담을 감수한다. 여기서의 성공은 몇몇 '발견자'들의 손에 달려 있는데, 이들은 해당 출판사의 상징적 신용도를 대표하는 인물들로서, 그들이 속한 출판사 동료 작가들의 사회적 인지도와 세력을 형성해 주는 비평가로서 활약한다.

타율성의 극은 '경제' 논리가 지배하는 상업적 문학 생산의 장(거대 생산의 장)으로, 문화적 자산을 다른 자산들처럼 상업화하고, 생산물의 배포와 발행 부수에 의해 즉각적으로 측정되는 현실적인 성공을 노리며, 기존 고객들의 문화적 수요를 변형시키는 대신 그 수요에 부응하는 생산물을 공급한다. 타율성의 극에서 생산되는 산물들은 짧은 시간 내에 낙후될 운명에 놓인 만큼 신속한 순환을 필요로 하기 때문에 단기적 생산 사이클에 의해 생산된다. 여기서는 이윤을 가속화시키는 광고를 통해 상업화 회로를 형성한다는 것이 특징이라고 할 수 있는데, 7백 명의 직원을 지닌 로베르 라퐁 출판사의 경우 매년 막대한 숫자의 신간들(2백 권)을 출간하고, 거대한 판촉비와 광고비를 투자하며, 서점에서의 책 배포나 전시 등을 중요시하고, 이미 외국에서 성공한 책을 번역 출판하는 안전한 투자 전략을 전개한다. 로베르 라퐁 같은 거대 출판사들은 조직 운영을 위해 막대한 경영비를 지출해야 하는 만큼 자산의 빠른 회전을 필요로 하고, 그럼으로써 원고 선택에 있어 커다란 제한을 받는다.[15]

타율성 극에서의 성공을 의미하는 현세적 성공은 자율성 극에서는 마치 작품의 상징적 가치를 상업적으로 물물 교환하는 것처럼 어딘가 의심스러운 것으로 생각된다. 자율성의 극에서는 상징적 성공을 상업적 성공과 반비례한다고 생각하는 경향이 있는데, 이것을 극단화한 것이 '저주받은 천재'라는 관념이다. 부르디외는 '저주받은 천재'란 현세에서의 금욕을 내세에서의 구원의 조건으로 간주하는 기독교적 사고의 하나라고 지적한다. 시대와 독자에게 외면당했음에도 불구하고 작가가 창작을 계속할 때, '저주받은 천재'라는 관념은 자신이 예술적 실패자일지도 모른다는 끔찍한 생각과 싸우며 오직 예술 자체(그러나 아무도 인정해 주지 않는)만을 위해 스스로를 희생한다는, 그의 외로운 창작의 유일한 버팀목이 될 수 있는 생각이다. 기부 행위처럼 어떤 형태의 반대 급부로도 보상받을 수 없는 투자 행위에 한에서만 사회적 인정이라는 반대 급부를 수여하는 것처럼, '저주받은 천재'라는 개념은 일상적 경제 논리를 역전시켜 순수 예술가의 생산 양식이 갖는 특수한 모순('예술을 위한 예술')을 하나의 직업적 이데올로기로 변형시킨 것이다.

문학장 내에서 문학 생산자들의 전략은 시장 경제 법칙에 대한 전적인 복종(타율성의 극)과, 절대적인 독립(자율성의 극)이라는 결코 도달할 수 없는 양극 사이에 분포한다. 타율성 원칙이 상업적 성공이나 사회적 지명도를 우선시한다면, 자율성 원칙은 예술적 전통과 관습, 코드를 알고 있는 소수 예술가들에게 유리한 것으로, 몇몇 동료들이 그들에게 특수한 형태의 예술적 가치를 인정함

---

15) 부르디외가 예로 들고 있는 미뉘 출판사와 라퐁 출판사의 경영 현황은 1975년을 토대로 하고 있다.

으로써 이루어진다. 이들의 특권은 무엇보다도 거대 대중의 요구와 타협하지 않는다는 사실에서 기인하는 것으로, 문학장의 자율성이 크면 클수록 문학장의 상징적 역학 관계는 외적 수요로부터 가장 독립적인 생산자들에게 호의적으로 나타난다.

문학장의 반사성: 고도의 자율성에 도달한 문학장에서는 문학 자체에 대해서 성찰하는 문학이 출현한다. 부르디외는 "진부한 것을 잘 쓴다"라는 플로베르의 시도를 예로 들면서 너무 밋밋할 정도로 현실적인 것, 일상적인 것, 그렇고 그런 것, 이상적인 것과는 정반대의 것, 글의 주제로 씌어질 만한 가치도 없는 것을 소재로 한 문학이 새로운 정의를 얻게 되었다고 설명한다. 플로베르의 소설 《보바리 부인》은 그때까지 열등하다고 간주된 소설 장르의 가장 저급하고 진부한 소재(사실주의자들이 즐겨 다루던 간통이라는 소재)에, 테오필 고티에(Theophile Gautier)나 고답파 시인들(Parnissiens)이 시라는 장르에 부여했던 형식에 대한 숭배라는 가장 고급의 요구를 충족시키려 했다. 부르디외는 공쿠르(Goncourt)의 말을 빌려 플로베르 이후의 소설 역사는 '소설적인 것 죽이기'를 위한 기나긴 노력의 시간으로 표현한다. 즉 전통적으로 소설을 정의하는 것처럼 보이는 것, 줄거리, 행동들, 주인공들을 소설에서 모두 추방시킨 것이다. 플로베르가 '아무것도 아닌 것 위에 세워진 책'을 쓰겠다는 야심을 표방한 이래, 이것은 선(線)적인 스토리 텔링의 해체, 변형과 변조를 통해 반복되는 모티프들, 몇몇 제한된 서술적 요소들의 주기적인 회귀와 상응에 기반한 거의 회화적 혹은 음악적인 구성을 추구하는 오늘날의 누보로망에 이르게 되었다. 이 '순수한' 소설들은 끝없이 자신의 허구적 위상을 환기시키면서 소설과 소설 역사에 대한 비평적 사유를 소설 속에 작품화하고, 이를 통해 소설 스스로의 이론을 만들어 나간다. 이처럼 보다

커다란 자율성을 획득한 문학장은 더욱더 커다란 반사성, 즉 각각의 장르들이 장르 자신의 원칙과 가정에 대해 비평적 회귀를 보여준다. 의미에 앞서 음악성을 중요시했던 말라르메의 시가 그러하듯 대상의 재현, 즉 대상에 대한 미메시스적 의미와 메시지에 대항해서 내용에 대한 형태의 우선권, 재현 대상에 대한 재현 양식의 우위는 장의 자율성을 주장하는 가장 특수한 표현 형태이다. 과거에는 고객의 주문에 종속되었던 작품의 주제를 그것을 다루는 방식을 위해 희생시키는 것, 부르디외에 의하면 이것은 생산물과 생산자의 특수성과 대체 불가능성을 주장하는 일이며, 문학장 외적인 주문과 완벽한 단절을 선언하는 일이기도 하다. 작가가 문체라고 하는 작가에게만 고유한 형태로서 스스로를 정의하게 됨에 따라, 환경과 시장의 산물이었던 작품들은 그 스스로의 존재 원리와 필연성을 사회에 강제하는 문화 생산으로 탈바꿈한 것이다.

문학의 자율성이 증대할수록, 작품이 작품 자체의 이해에 필요한 여러 규범들을 대중에게 인식시키는 시간 역시 점차 증대한다. 고도의 반사성을 보여 주는 작품을 해독하는 일은 반복된 독서, 의미의 재창조 같은 학교 교육에서의 특수한 훈련을 통해 얻어질 수 있기 때문이다. '상업적'이라고 불리워지는 문화 생산물의 수용이 수용자들의 교육 수준과 거의 무관하게 이루어진다면, 반경제 논리를 표방하는 '순수' 예술 작품은 그것을 평가하는 데 필수적인 역량을 지닌 소비자들에게만 접근이 가능하다. 따라서 '순수' 예술의 생산자들은 학교 제도와 밀접한 관계를 갖는다. 전달되어야 하고 획득해야 할 가치가 있는 것과 그렇지 않은 것의 구별을 통해 학교는 상징적으로 합법적인 작품들(고전문학)과 비합법적인 작품들(만화 혹은 통속 소설), 이와 동시에 합법적 작품에 접근하는 합법적 방식과 비합법적 방식(예를 들어 "이 작품의 주제는 무엇인가"를 묻는 시험 문제) 사이의 구분을 지속적으로 재생산한다. 부르주아 예술가들과 상업적 문학 생산자들이 즉각적으로 고객을 확보하고 빠른 시일 내에 대중적 인지도를 획득하는 반면, 상징적으로는 지배자였으나 경제적으로는 피지배자였던 보들레르나 플로베르 같은 순수 예술가들에 대한 보상은 상징적 이윤과 경제적 이윤이 불균형을 이루는 문학장의 구조적 특수성으로 인해 시간적 지연을 통해 이루어진다. 거대 생산장의 베스트셀러가 미래를 기약할 수 없는 것이라면, 제한적 생산장의 클래식이란 교육 시스템 덕택에 사회적 인정을 받아 지속적이고 폭넓은 시장을 얻게 된 장기간의 베스트셀러인 것이다.

매개적 공간으로서 문학장의 역할은 장의 상대적 자율성에 기인한다. 문학에 행사하는 사회적 요구는 결정적이다. 그러나 사회적 요구는 문학장의 내적 질서를 가로지르며 굴절된다. 문학 생산자들과 그들을 경제적으로 후원하는 사회 집단(수집가, 관객, 후견인) 사이에 직접적인 관계를 설정할 수 없는 것은, 독자적 법칙에 따라 기능하는 문학장의 논리 때문이다. 문학장 외부의 힘들은 문학장에 고유한 힘들과 형태의 중개를 통해서만 행사된다. 장이 자율적일수록, 즉 장 자체의 특수한 논리를 강조할수록 문학장 외부의 힘은 문학장 내부에서 재구조화를 겪은 후에 행사되며, 하나의 문학적 실천을 이해할 수 있는 열쇠는 문학장의 기능과 상태에서 찾을 수 있다. 예를 들어 자유시의 경우, 자유시는 알렉상드랭(Alexandrin, 12음절시)과의 형식적 대립 관계에 의해 정의되는 동시에, 알렉상드랭이 미학적 · 사회적 · 정치적으로 내포하고 있는 것들과도 대립적으로 정의된다. 이처럼 문학장 개념은 문학적 전략이란 미학적인 동시에 정치적인, 내적인 동시에 외적인 이중적 힘을 띠고 있음을 파악하게 해준다. 외적 변수들, 경제적 위기나 기술의 발전, 정치적 혁명은 작품에 직접적으로 작용하는 것이 아니라 문학장을 가로지르며 변질된다. 문학장은 마치 프리즘처럼 작용하는 것이다.

변별성을 위한 투쟁의 공간

이상의 설명이 현세적 성공과 예술적 성공이라는 두 극을 중심으로 한 프랑스 문학장의 성립 과정을 담고 있다면, 이제는 사회적 행위로서의 문학과 담론으로서의 문학을 통합하고 있는 문학장 내부는 어떻게 구성되어 있는지 살펴보자.

부르디외에게 있어서 장이란 물리학자들이 말하는 자기장의 의미를 갖고 있다. 자기장 내부에 존재하는 요소들이 서로 다른 자성을 띠고 있고 극(極)을 중심으로 그들의 힘과 위치에 따라 상호적으로 결합하거나 대립하는 것처럼 문학장의 행위자들은 힘들로 설명될 수 있으며, 이 힘들은 주어진 순간에 장의 고유한 구조를 형성한다. 자기장처럼 기능하는 문학장은 문학장에 입문하는 모든 사람들에게 작용하는 힘의 장으로, 이 힘들은 그들이 점유하고 있는 위치에 따라 다르게 행사되며, 사회적 요구는 문학 행위자들을 서열짓고 구조화하는 문학장의 공간을 가로지르면서 변질된다. 이처럼 문학장은 고립된 행위자들의 단순한 집합체나 단순하게 병치된 요소들의 합산물로 환원될 수 없는 것이다.

위치와 위치잡기: 부르디외는 문학장을 위치들(positions)의 공간과 위치잡기(prise de positions)의 공간으로 나누고 있다. 위치란 소설이라는 장르, 혹은 사교계 소설이라는 소설 장르의 하부 카테고리, 또는 생산자 집단의 모임 장소로서의 문예지·살롱·그룹 등을 의미한다. 각각의 위치는 그 위치를 점유하기 위해 필수적으

로 소유해야 하는 하나의 자본(경제적·사회적·문화적·상징적)과 결부되어 있으며, 그 위치와 그 자본의 가치는 다른 위치와 다른 자본과의 차이에 의해서만 정의된다. 즉 모든 위치는 그것들이 존재한다는 사실로부터 상호 의존적인 객관적 관계의 망, 다시 말해 문학장을 형성하며 문학장은 위치들의 힘을 구조화한다.

각각의 위치에 상동적인 위치잡기가 상응하는데, 위치잡기란 작품이나 정치적 담론, 선언이나 성명서들, 논쟁들을 의미한다. ('위치' '위치잡기'라고 번역한 position과 prise de position은 '입장' '입장 취하기'로 번역될 수도 있다.) 위치잡기의 공간은 장의 객관적 상태를 파악한 분석가가 재구성하는 공간이다. 장이 행사하는 힘의 영향 아래 있는 작가의 의식 속에서 위치짓기의 공간은 객관적 형태로 드러나지 않기 때문이다. 장의 객관적 상태를 파악한 분석가는 작가의 선택을 차별화(distinction)를 위한 의식적 전략으로 간주할 수 있으며, 분석의 필요에 따라 위치잡기들(작품, 성명서, 정치적 선언들)을 대립 체계로 취급할 수 있다. 위치잡기들 공간의 근본적인 척도가 되는 것은 장르들간의 위계 질서, 장르들 내부에 존재하는 특정 문체나 작가에 대한 상대적인 합법성(작가의 사회적 이미지 같은 사회적 인정)이다. 이것들은 현존하는 위계 질서를 보존시키거나 변형시키기 위한 매순간의 투쟁의 대상이 된다. 예를 들어 플로베르의 경우 그는 소설을 선택함으로써 당시만 해도 하급 장르로 간주되었던 소설의 열등한 위상에 노출되었으나 소설에 투자함으로써, 즉 소설에 부여된 낮은 서열을 거부하고 소설 장르에 새로운 정의를 부여함으로써, 소설이라는 장르를 변형시키고 소설이라는 장르에 대한 사회적 이미지 자체를 변형시켰던 것이다.

하나의 위치와 위치잡기는 그것들이 다른 것들과 맺고 있는 변별적인 대립을 통해, 즉 다른 위치들과 다른 위치잡기들과의 부정적인 관계 속에서 정의된다. 소설가와 소설의 경우 작품의 생산 당시 다른 장르, 예를 들어 시인과 시가 갖는 위상과 사회적 성공의 가능성 정도에 따라, 혹은 소설 중에서도 그것이 추리 소설인가 연애 소설인가 역사 소설인가 정치 소설인가에 따라, 그리고 작품 내부에서 어떤 메타포를 사용하고 있는가에 따라 결정된다. 한국의 경우를 예로 들어 설명하면 이문열의 《선택》은 작품 자체의 미학에 의해서만 설명되는 것이 아니라, 1990년대 이후로 문단에서 활발한 활동을 보여 왔던 여성 문학과의 (대립적) 관계에 의해 이해될 수 있다. 이처럼 문체나 주제 같은 각각의 위치잡기는 이미 존재하고 있는 위치잡기들과 맺고 있는 차별적 관계로부터, 즉 다르다는 사실에서 '가치'를 얻는다. 각각의 위치잡기는 공존하는 위치잡기들에 객관적으로 의존하고 있으며, 전체 위치잡기들의 공간은 하나의 위치잡기를 제한하고 결정한다. 따라서 하나의 위치잡기가 조금의 변화없이 남아 있다 할지라도, 그것을 구별짓는 생산자들과 소비자들이 변하면 자동적으로 변하게 된다.

차별성의 기호 역할을 하는 것은 유파들의 이름이나 그룹의 이름 같은 고유 명사들이다. 작가나 비평가 · 출판인에게 있어서 가장 합법적인 자산 축적은 스스로를 하나의 이름, 즉 널리 알려지고 사회적으로 인정받는 이름으로 만드는 데 있다. 이름이란 생산물들을 서로 구별지으면서 사회적으로 존재하게 만들고, 또한 사회적 인물로서 작가의 존재를 창출하는 데 결정적인 역할을 한다. 초현실주의의 수장 앙드레 브르통(André Breton)이, 초현실주의란 이름이 자기들 것이라고 주장했던 차라(Tristan Tzara) 그룹과 난투극을 벌이면서까지 그 이름을 차지하려고 했던 것은 "차별성을 보여줌으로써만 존재할 수 있는 우주(univers où exister c'est différer)"

(부르디외, 1992:223), 즉 문학장에서 자신의 다름의 표지를 독점하기 위해서였다.

차별성을 위한 투쟁: 위치잡기는 구성원들이 동의해서 얻어진 결과가 아니라 문학장의 구조를 보존하거나 변형시키려고 하는 항구적인 경쟁과 갈등의 산물로서, 문학장의 유희 자체를 생성시키는 원칙인 동시에 이 유희를 통합하는 원칙은 투쟁 그 자체이다.

문학장의 근본적 기능 원칙이 투쟁 자체라는 사실은 문학장의 가입 조건이 불투명하다는 데서 비롯한다. 문학 작가란 곧바로 직업적 범주로 분류되지 않는다. 문학 활동은 생계와 직결되지 않기 때문이다. 작가가 되기 위한 기준 역시 불분명하다. 문학장에 입문하기 위해서는 학력이나 경시대회 같은 외적으로 명시되고 코드화된 가입 조건이 존재하지 않기 때문이다. 게임에 들어가기 위한 높은 단계의 코드화는 뚜렷한 게임 규칙의 존재를 의미하며, 그 게임 규칙에 대한 최소한의 동의를 상정하고 있다. 그러나 게임의 가입 여부에 대한 코드화가 미약하다면, 게임의 쟁점 자체는 게임 규칙을 정하는 일이 된다. 그런데 문학장은 커다란 경제적 자산을 요구하는 경제장이나 고학력 자본이 필수 조건인 대학장과는 달리, 입장 조건이 불투명하며 미래의 가능성 역시 여러 갈래인 매우 불확실한 사회적 공간이다. 시인과 소설가를 겸하거나 비평가 겸 작가인 경우처럼 문학장 내부의 경계들은 극단적인 유연성을 띠고 있으며, 그 위치들의 정의 또한 극히 다양하다. 따라서 문학장은 이미 정의를 부여받은 직위를 점한다기보다는 아직은 존재하지 않는 직위를 창조해야 하는, 직위에 대한 정의가 불투명한 공간으로, 문학과 문학 작가의 정의와 재정의를 위한 항구적인 투쟁의 공간인 것이다.

문학의 정의를 둘러싼 대표적인 투쟁들 중의 하나는 순수 예술가들이 부르주아 예술가와 상업적 작가들에게 작가라는 이름을 부여하기를 거부하는 투쟁이다. 가장 순수하고 엄격한 문학 정의를 옹호하는 자들은 이론서 혹은 작품 자체를 통해 자신들이 방어하는 문학을 실천에 옮기면서 문학 작가에 대한 정의를 내리고, 이를 통해 문학장의 경계들(장르들, 범주들, 문체들)을 정의하고 그것을 방어하며 진입을 통제한다. 문학장의 소속성을 규정하기 위한 투쟁인 것이다. 이처럼 문학장의 역사는 작품의 인식과 평가에 있어서 합법적인 범주들을 독점적으로 강요하고자 하는 투쟁의 역사이고, 이 투쟁 자체가 문학장의 역사를 만든다고 할 수 있다.

투쟁과 갈등이 기능 법칙으로 작용하는 문학장의 역동성을 보여주는 것이 바로 '사회적 노화(vieillissement social)'라는 개념이다. 예술 작품의 사회적 노화란 그 예술적 가치를 인정받아 클래식이 된 경우이고, 순수 예술을 지향하는 신참 예술가들은 새로운 예술적 가치를 창조한다는 의미에서 예술적으로 젊다. (그러나 예술의 사회적 노화가 반드시 생물학적 노화와 일치하는 것은 아니다.) 문학장의 구조는 지배/피지배, 인정을 얻은 자/신참자, 정통/이단, 늙은/젊은 등과 같은 적대성을 띤 공시적 대립들로 이루어져 있다. 변화를 주도하는 일은 문학장의 신참자, 가장 젊은 층에서 일어난다. 부르디외에 의하면 하나의 작품이란 공존한다는 사실 자체에서 다른 작품들과 경쟁 관계에 놓일 수밖에 없다. 문학장의 행위자들은 문학장이 구조화한 특수한 자산들의 배분 구조 속에서 그들이 차지하는 위치에 따라 현행의 구조를 영속시키거나 전복시키려고 하기 때문이다. 역사적으로 존재했던 그리고 동시대에 존재하는 다른 작품들로 구성된 공간에서 작품과 작가가 하나의 존재(사회적 인정)에 도달하기 위해서는 스스로를 차별화시켜야 한다. 작가와 작품, 유파들의 노화는 예술의 새시대를 열었고, 그리고 그것을 영구히 지속시키려는 사람들, 영광의 시간을 정지시키려는 사람들과, 현재의 상태를 지속시키려는 사람들을 과거의 시간대로 보내지 않고서는 새로운 예술의 시대를 열 수 없는 사람들 간의 투쟁의 산물이다. 따라서 장의 지배자들이 지속성·정체성·재생산을 지향한다면, 신참자들은 불연속·단절·혁명에 관심을 갖는다. 장의 신참자들은 이미 인정을 받은 생산자들과 그들의 생산물, 그리고 거기에 결부된 취향들을 과거의 시간대로 보내야 한다. 신참자들은 변별적인 위치를 점함으로써만 존재가 가능한 세계에서 그들의 정체성을, 다시 말해 그들의 다름을 주장하고 그 다름을 알리고 인정받아야 하기 때문이다. 즉 그들이 문학장 속에 존재할 수 있게 되는 것은 현행의 사유 방식과 단절하고, 새로운 사고와 표현 방식을 제시하면서 현행의 문학장의 질서를 흔들어 놓음으로써 가능해진다. 그들은 자신들이야말로 현재적 가치의 독점적 창안자라는 것을 주장하기 위해 장의 지배적 생산자들을 극복해야 할 대상으로 보고, 이미 사회적 인정을 받았지만 바로 사회적 인정을 받았다는 그 사실로부터 지배적 생산자들을 예술적 화석으로 만들려고 한다. 문학장 속에서 잠정적으로 지배적인 위치를 차지하고 있는 탓에 현행의 상징적 질서를 방어하려는 사람들과, 현행의 구조를 비판하면서 현재 힘을 행사하는 상징적 모델들을 전복시켜 최초의 '순수성'으로의 회귀를 주장하는 이단적 단절자들과의 투쟁에 의해, 작품들은 문학장 내에서 동시대이면서도 시간적으로 불일치하는 투쟁을 벌인다. 따라서 현재의 문학장은 과거의 작가가 현재에도 여전히 문제시된다는 의미에서, 과거의 투쟁들을 상속한 가능성의 공간인 것이다.

  장들의 상동성: 매개적 공간으로서의 문학장 개념의 역할은 장들 사이의 상동성에서 드러난다. 장들의 상동성이란 생산장과 배

포장(비평이나 출판), 소비장 사이에 일정한 상응 관계가 존재한다는 의미이다. 부르디외는 이러한 상동성을 보여 주는 단적인 예로 연극을 들고 있다. 부르주아 극(센 강 우안)과 아방가르드 극(센 강 좌안)은 작가와 작품, 스타일과 주제에서, 관객의 사회적 특징(나이, 직업, 거주지, 관람 빈도, 원하는 입장료 액수)에서, 그리고 공연된 작가들(나이, 사회적 출신, 거주지, 생활 스타일)에서도 서로 다르게 나타난다. 센 강 좌안에 있는 소규모 극장들은 경제적·문화적으로 많은 위험을 감수하고 있으며, 연출에 있어서도 상대적으로 저렴한 액수를 투자하고, 전통과 단절된 파격적인 내용을 주제로 한 실험 연극을 통해 젊은 지식인 층(학생과 교수들)을 겨냥하고 있다. 이와 달리 부르주아 극장은 경제적 수익성에 따라 신중한 문화 전략을 전개하는데, 이 극장들은 이미 성공이 검증되었거나 널리 인정받은 공연물(번역물이나 영화의 번안)을 나이든 부르주아 대중들(회사 중역들, 자유직 종사자들, 기업 경영진)에게 제공한다. 이 고객들은 화려한 연출 아래 흥미 위주로 진행되는 공연물을 보기 위해 비싼 관람료를 지불할 수 있는 사람들이다. 이 둘의 중간에 있는 것이 코미디 프랑세즈 같은 고전적 극장들로, 이들은 중립적이거나 절충적인 프로그램들, 널리 인정받은 아방가르드 작품이나 아방가르드적 통속극을 제공한다. 예술과 상업(돈) 사이의 이러한 대립은 부르주아 예술/지식인 예술, 전통 예술/아방가르드 예술 사이의 경계를 설정하는 역할을 하며, 결국 센 강 우안과 좌안이라는 공간적인 구별은 미적 인식에 있어서도 차별적인 틀을 형성하게 된다.

장들 사이의 상동성은 문학 발전의 역동성을 설명해 줄 수 있는 열쇠를 담고 있는 개념이기도 하다. 여러 차례 강조했듯 문학장의 자율성은 어디까지나 상대적인 자율성으로서, 문학장의 내적 투쟁들은 문학장 외부의 호응이나 지지 같은 외적 승인들에 의해 영향을 받는다. 따라서 문학장의 변화, 예를 들어 장르들간의 내적 위계 질서의 전도는 장에 새로 들어온 생산자들 같은 문학장의 내적 변화들, 그리고 사회적 공간에서 그 생산자들이 문학장에서 점하는 것과 동일한 위치를 점하고 있으며, 그 생산자들이 제공하는 생산물에 적응된 기호와 성향을 보유하고 있는 소비자라는 외적 변화들 사이의 상응에 의해 가능해진다. 부르디외는 문학적 기호의 변화를 설명하기 위해 향수의 유행과 고객층의 사회적 질을 예로 들고 있다. 고객층을 과도하게 확장한 거대 상표의 향수가 새로운 고객을 확보함에 따라 최초의 고객층을 상실하는 것처럼(저렴한 향수의 폭넓은 공급은 총매상고의 하락을 유발한다), 그리하여 자신들이 젊었을 때는 멋쟁이 향수로 알려진 그 향수에 여전히 집착하는 우아하지만 늙어가는 여자들과, 그 향수의 유행이 지났을 때 그것을 발견한 더 젊지만 가난한 여성들로 이루어진 고객들을 차츰 결합하는 것처럼, 경제적이고 문화적 자산에서의 차별성은 희귀한 재화에 대한 접근 속에서 시간적 차이로 다시 번역된다는 것이다. 이렇듯 부르디외에 의하면 대중의 양과 질이야말로 장에서 점유하고 있는 위치에 대한 가장 확실한 지표를 제공한다. 문화적 정보를 많이 소유한 소비자들은 희소성과 특이성을 추구하는 경향이 있다. 생산물의 희귀성의 상실, 다시 말해 대중적 소비층의 확보는 고객의 노년화와 대중의 사회적 질의 하락을 의미하기 때문이다. 가장 혁신적인 아방가르드 작품이라 할지라도 시간이 지남에 따라 대중들에게 익숙하게 받아들여지고, 그럼으로써 평범해지지 않을 수 없다(예술적 노화). 여기서 중요한 것은 소비자들이 혁신적인 작품에 얼마나 오래 노출되었는가, 그리고 그들이 아방가르드적 가치에 얼마나 근접해 있는가이다. 다양한 사회 계층의 거대 대중에 의해 소비된다는 것은 소비자가 그 문화 행위를 누리기 위해 필요로 하는 특수한 역량이 더 이상 필요하지 않다는 것을 의미한다. 그리고 그 특수한 역량의 부재는 곧 문화 소비 행위에 부속하는 사회적 인정을 동반하지 않는 것으로 인식된다. 즉 특정 문화 행위에 관련된 상징적 가치는 소비자의 수가 증가하고, 특히 소비자군이 다양한 사회 계층으로 퍼져 감에 따라 감소한다는 것이다.

관계적 사유: 이상과 같은 문학장의 개념과 구성에 대한 설명을 통해 부르디외가 주장하는 것은 예술 작품을 특권적인 대상으로 다루는 기존의 본질주의적(substantialiste) 사유와 결별한 관계적(relationnel) 사유이다. 예술 작품에 대한 본질주의적 분석의 문제는 분석의 주체, 즉 교양인으로서의 분석가의 주관적 경험에 바탕하고 있다. 부르디외는 볼프강 이저나 미카엘 리파테르(Michael Riffaterre) · 스탠리 피쉬(Stanley Fish) 등의 독자 연구[16]에서 말하는 독자란 사실상 이론가 자신이며, 공감을 통해 작품의 이해에 도달하려는 이런 이론가들은 사회학적으로 분석되지 않은 자기 고유의 미학적 경험을 분석 대상으로 삼고 있다고 비난한다. 이러한 태도는 지식인 특유의 해석학적 자아 도취에 불과하다는 것이다. 본질주의적 분석은 분석가의 주관적 경험, 즉 역사적으로 한정된 특수한 경험을 보편적이라고 주장함으로써 역사적 경험을 초역사적 규범으로 만들려고 한다. 자신의 주관적 경험 자체가 역사적 산물임을 망각하고 있다는 것이다. 또 이런 분석들은 분석가의 주관적 경험을 가능케 했던 역사적이고 사회적인 조건들에 대해 침묵으로 일관함으로써, 가치로서의 예술 작품의 생산과 재생산에 대한 사회적 조건을 간과하고 있다. 부르디외는 분석가가 예술 작품에 정서적으로 투자하는 본질주의적 분석 태도를 사랑에 빠진 연인

의 태도와 비교한다. "내가 그녀를 사랑하니까 그녀가 예쁜 것인

---

16) 예일대에서 박사학위를 마친 스탠리 피쉬는 예일대를 지배하던 신비평 (New Criticism)의 영향을 받았으나 독자(청중)를 문학 연구에서 제외한 신비평을 비판하면서 볼프강 이저와 더불어 독자 반응 비평을 주도해 왔다. 볼프강 이저에게 있어서 텍스트란 확정적 의미를 담고 있으면서 동시에 불확정적 의미도 담고 있다. 여기서 확정적 의미란 작품을 쓴 작가의 의도이고, 불확정의 의미란 독자의 개인차에 의해 변할 수 있는 것을 말한다. 그러나 피쉬는 텍스트가 모두 불확정적 의미라고 생각한다. 이저가 텍스트에 일정한 의미적 고정성을 부여하고 있다면, 피쉬는 독서를 무엇보다 독자의 심리적 경험으로 받아들이는 것이다. 이저에게 있어서 텍스트의 의미 산출에 대한 실제적 독자의 참여는 제한되어 있으며 텍스트는 독자의 무한한 해석에 모두 열려 있는 것이 아니지만, 피쉬에게 있어서 텍스트의 의미를 만드는 것은 곧 독자이다. 즉 의미의 소재지는 텍스트가 아니라 독자이며, 요컨대 독서의 결과가 의미인 것이다. 이처럼 피쉬에게 있어서 의미란 텍스트가 아니라 작품을 접하는 독자의 심적 상태, 인식적 체험이라고 할 수 있으며, 비평이란 그것을 기술하는 일이다. 따라서 그에 의하면 오독도 텍스트의 일부이며, 텍스트의 역할이란 모든 가능한 모순적 해석들을 근본적으로 조절하고 억제하는 것에 불과하다. 그렇다고 해서 피쉬가 전적으로 개인적 해석의 독자성을 주장하는 것은 아니다. 피쉬는, 개인적 해석은 무수한 해석 가능성을 낳을 수 있지만 그것은 해석 공동체의 독서 전략의 지배를 받는다고 말하면서, 바람직한 독자란 알아야 할 정보를 모두 보유한(informed) 독자, 충분한 문학적 · 언어학적 능력을 보유한 독자라고 주장했다.(김활, 《현대문학이론과 의미의 부재》, 문학과 비평, 1975)

미국에서 활약하는 불문학자이자 기호학적 문학비평가인 미카엘 리파테르는 독자의 기능을 인정하기는 하지만 독자의 수용 기능보다는 텍스트의 기능을 더 강조한다. 독자가 텍스트를 읽고 어떤 문학적 의미를 깨닫게 되는 것은, 그 의미가 이미 텍스트의 언어 속에 내재되어 있기 때문이지, 독자가 그 의미를 생산하는 것은 아니라는 것이다. 리파테르의 주요 관심 분야는 시인데, 그는 '초독자(super reader)'라는 독자 개념을 제시하고 있다. 초독자란 시의 언어적 형상이 진술하는 대로 문장을 따라 언제나 다시 시작하는 기분으로 처음부터 여러 차례 반복적으로 시를 읽어 가는 독자로서, 때로는 비문법적이기도 한 시의 문장을 곱씹어 그 의미를 획득할 수 있는 독자를 말한다. 표층 의미 이상을 파악할 수 있는 문학적 자질과 능력을 지닌 이상적 모델로서의 독자 개념이라고 할 수 있다. 결국 리파테르에게 있어서 독자란 텍스트가 독서 과정에서 독자에게 부과하는 강제적 측면, 즉 텍스트의 내재적 논리에 충실할 수 있는 독자라고 할 수 있다.(이명재, 《문학비평의 이론과 실제》, 집문당, 1997; 레먼 셀던, 《현대문학이론》, 윤홍로 · 이유섭 · 이병규 역, 백의, 1995)

가? 아니면 그녀가 예쁘니까 내가 그녀를 사랑하는가?" 예술적 대상을 창조하는 것은 미학적 관점인가, 아니면 예술 작품의 내재적인 특성들이 독자들에게 미학적 경험을 자극하는가? 도대체 인간이 만들어 낸 하나의 대상이 어느 순간에 예술 작품으로 탈바꿈하는가? 예를 들어 편지가 어느 순간부터 '문학적'이 되는가? 문학적 형태라는 것이 어느 순간에 원래의 기능을 능가하게 되는가를 어떻게 결정할 수 있을 것인가? 그 차이가 작가의 미학적 의도에 달려 있다고 말할 수 있을까? 하지만 작가의 미학적 의도에도 불구하고 문학사의 저편으로, 무로 환원된 경우가 무수하지 않던가?

부르디외에 의하면 '순수한' 예술 작품들이 호소하는 '순수한' 시선이란, 오직 그 시선에 의해 인식되기를 요구하는 순수한 예술적 의도를 지닌 생산자들의 출현과, 생산자들이 그런 의도로 제작한 작품에 그 시선을 적용할 수 있는 '애호가'와 '감식가'들의 출현과 불가분의 관계를 맺고 있다. 이것은 특수한 배움의 조건들, 즉 학교 교육과 문화 생활을 통해 얻어진, 그리고 다급한 생계의 제약과는 거리를 두며 습득한 여가 훈련의 산물이라고 할 수 있다. 따라서 칸트적 의미에서 보편적이라고 주장하는 순수한 쾌락으로서의 미학적 쾌락은, 순수하고 비이해타산적 경향을 지속적으로 유지할 수 있는 경제적·사회적 조건을 갖춘 사람들의 특권일 뿐이다. '순수한' 시선의 감식가들이 마치 물 속의 물고기처럼 그렇게 문화적 세계 속에 존재하는 까닭에, 예술 작품의 의미와 가치를 자명한 것으로 받아들이는 본질주의적 분석이 가능하게 되는 것이다.

부르디외는 문학이라는 유희 자체의 가치를 집단적으로 지지하고 신봉하는 믿음을 일루지오(illusio)라고 부르면서, 그 믿음이야말로 문학이라는 유희를 존속시키고 가능케 하는 조건인 동시에 문학이라는 유희의 정신적 산물이라고 설명한다. 라신이나 하이데거 혹은 마르크스를 어떻게 해석하느냐를 두고 여러 상이한 해석들은 표면적으로는 상호간에 매우 무자비해 보인다. 그러나 그런 갈등적인 해석들은 라신·하이데거·마르크스가 그런 논쟁을 투자할 만한 가치가 있는가라는 질의는 결코 하지 않는다. 라신·하이데거·마르크스를 둘러싼 해석적 갈등 자체가 합법적인지, 그 갈등들이 어떤 이해 관계를 담고 있는지, 혹은 그 갈등을 가능케 하는 사회적 조건에 대해서는 질문 자체를 배제하고 있다. 그 갈등적 논쟁의 주역들은 모두 그 논쟁에 믿음과 신념을 투자하고 있으며, 그 믿음에 이의를 제기하는 자(라신·하이데거·마르크스에 대해 논쟁할 가치가 없다고 하는 자)는 스스로의 무지를 고백하는 것으로 간주되어 문학장 유희의 밖으로 밀려날 수밖에 없다. 이처럼 문학장에 소속된다는 것은 장이 전제하는 가정들을 수락한다는 의미이며, 그 가정들은 장의 논의 대상에서 자동적으로 제외된다.

그러나 부르디외에 의하면 문학의 가치에 대한 믿음은 마술가가 관객에게 행사하는 믿음과 다르지 않다. 마술가의 힘의 원천은 마술사 개인이나 그의 도구들 혹은 마술적 조작들에 대한 특성을 보여 주는 데 있지 않다. 그것은 집단적으로 생성되고 유지되는, 집단이 기꺼이 동의한 '집단적 무지'에 달려 있다. 비록 속임수라 할지라도 그것이 합법적인 속임수라는 생각, 따라서 기꺼이 거기에 동의할 준비가 되어 있는, 마술이라는 유희의 가치에 대한 관객의 믿음이 있는 한에서만 가능한 것이다. 부르디외는 레디메이드(소변기)에 서명한 후 그것을 전시했던 마르셀 뒤샹(Marcel Duchamp)의 《샘》을 예로 들면서, 그런 행위는 그것을 인정해 주고 합법화하는 장의 논리가 존재하지 않는다면 마술적 효율성을 발하지 못할 것이라고 설명한다. 즉 마르셀 뒤샹의 행위는 거기에 의미와 가치를 부여할 준비가 되어 있는 예찬자들과 그런 예술의 가치에 대한 그들의 믿음이 없었다면 넋나간 짓이거나 전적으로 무의미한 몸짓에 불과할 것이란 이야기이다.

부르디외는 '예술 작품이란 결코 고갈되지 않는다' 혹은 '독서란 영원한 재창조'라고 하는 이데올로기는 생산물에 대한 믿음에 근거하고 있다고 역설한다. 바로 이 믿음에 결정적인 역할을 하는 것이 예술가들의 전기를 통해 전달되는 '창작'이라고 하는 카리스마적 이데올로기이다. 그러나 창작이라고 하는 카리스마적 이데올로기는 시선을 표면적 생산자, 작가에게로 집중시키고 창작자와 창작 행위의 마술적 힘만을 전면에 부각시킴으로써 '이 창조자를 누가 창조했는지' 묻는 일은 금한다. 즉 생산물의 물질적 제작자에게 시선이 향하게 함으로써 창작자에게 조물주적 마력을 부과하지만, 그 조물주적 역량의 사회적 조건이나 창작물의 가치에 대한 사회적 발생에 대한 질문을 자동적으로 배제하고 있는 것이다.

부르디외의 문학장 이론이 던진 가장 의미 있는 질문은 바로 그 창조자를 창조하는 것은 무엇인가 하는 질문이다. 먼저 한 사람의 예술가는 그를 '발견'하고 '인정'하며 '인정받을 만한' 예술가로 받아들인 사람들(비평가, 서문을 써주는 사람, 출판인)에 의해 만들어졌음을 알 수 있다. 출판인과 화랑 주인들은 예술가의 생산물을 통해 사업을 하는 예술의 상인으로서, 작가를 널리 알리고 또 인정받는 존재로 만들어 감으로써 자신들이 방어하고 출판하는 작가의 가치를 산출하는 데 기여한다. 또한 예술의 상인은 그가 축적한 상징적 자산, 예술의 상인으로서 그가 갖는 사회적 이미지와 신용을 작가에게 보증물로 제공하기도 한다. ("출판업자? 그건 그가 출판한 작품들의 카탈로그이다."(부르디외, 1992:239)) 발행인과 화랑 주인은 창작자의 작품을 사회적으로 가치 있게 만들어 줄 수 있는 모든 잡다한 임무를 도맡아하는데, 이것은 만약 생산자가 직접 자기 생산물을 상업화해야 한다면 신성한 창작자로서의 그의 사회적 이미지를 추락시킬 수도 있는 모든 위험으로부터 생산자를 보호하는 일이기도 하다. 이처럼 예술의 상인은 '창작자'의 발견자로서 '창작자의 창조자'이기도 하다. 전시대가 무시한 예술가를 '재발견'했다고 하는 아방가르드 비평가가 그런 주장을 펼칠 수 있는 것 역시 그의 이름이 갖고 있는 사회적 신용, 즉 그의 상징적 자본 덕분이다.

그렇다면 예술의 상인들과 비평가들이 문화 생산물에 사회적 인정을 부여할 권한은 어디서 왔는가? 부르디외는 끝없이 최초의 시작을 질문하는, 그래서 불가피하게 최초의 동인과 최초의 창조자에게 이르게 되는 신학적 논리의 생각하기를 멈춰야 한다고 주장한다. 부르디외에 의하면 예술적 가치 인정은 전통적으로 끝없이 '창조적 힘'을 찬미하고 제도화하는 유희 공간인 문학장 자체 속에서, 그 창조적 힘을 형성하는 객관적 관계들의 체제와 투쟁 속에서, 그리고 그곳에서 만들어진 특수한 형태의 일루지오 속에서 찾을 수 있다. 이 집단적 믿음은 집단적 작업의 산물로서, 이 집단적 작업은 문학장에 참여한 행위자들 사이의 수없이 많은 신용 행위(예술가, 작가, 비평가, 후견인, 출판인들 사이의 '인정'과 '발견')의 순환을 통해 나타난다. 19세기 중반까지 프랑스에서는 국가 권력이 후원하는 아카데미가 이러한 교환 관계들의 망을 지배하던 일종의 중앙은행 기능을 수행했지만, 예술적 합법성을 독점하기 위한 경쟁 상황이 출현함에 따라 예술가들은 예술적 합법성을 독점하기 위한 항구적 투쟁에 들어가게 되었고, 예술가들의 상호 '인정'과 '발견'이라는 신용 행위를 궁극적으로 보장하는 것은 예술적 가치라는 지폐를 생산하고 유통시키는 교환 관계들의 망, 문학장 그 자체가 되어 버린 것이다.

부르디외의 관계적 사유는 사회에 대한 일상적인 표상(특권적 존재로서의 예술 작품)과의 단절, 무조건적으로 의미와 가치가 부여된 것으로서의 예술 작품이라는 기존의 미학적 인식과의 단절을 주장한다. 문학장 이론은 역사적으로 존재했던 여러 상징적 투쟁들의 쟁점과, 거기서 찬반으로 나뉘었던 진영들, 그리고 행위자들의 전략을 마치 장기판의 말을 묘사하듯 객관적 언어로 담아내기 위한 것이다. 이제 왜 부르디외의 이론이 자기장 같은 자연과학적 개념에 의존하고 있는지 이해할 수 있을 것이다. 부르디외의 문학장 이론은 문학 작품과 작가에 대한 가치 평가적 서술을 배제하고, 저마다 보편성을 주장하는 각각의 특수한 문화적 산물을 역사적으로 자리매김하고, 그 문화적 산물들을 그것들을 생성시킨 사회적 조건과 결부시켜 관찰함으로써 그것들이 탄생할 수밖에 없었던 필연성을 규명하고자 하는 것이다.

예술 작품이란 그것이 인정하는 독자들이 있을 때에만이 상징적 대상으로 존재한다는 것은 이미 II장에서 말한 바 있다. 그리고 한 문학 작품에 대한 독자들의 인식은 그들이 속한 사회 집단이나 이데올로기적 성향에 따라 차이를 보인다는 것도 언급한 바 있다. 부르디외는 여기서 더 나아가 작품을 작품으로 인식하고, 혹은 작품을 서로 다르게 인식하는 독자들의 미학적 성향과 역량은 어떻게 발생되는가 질문하고 있다. 부르디외는 사회적으로 제도화된 예술 작품의 연구와 작품들의 물질적 생산뿐 아니라, 작품 가치의 생산 혹은 작품 가치에 대한 신념의 생산에 대해 연구할 것을 주장한다. 달리 말하면 사물들, 그리고 사물들과 동일한 역사적 과정을 거쳤으되 사람들의 머릿속에 존재하는 사회적이자 정신적인 구조(아비투스)를 규명해야 하는 것이다.

아비투스

아비투스라는 사회심리학적 개념은 문학장 개념과 더불어 부르디외 이론의 양대 기둥을 이루는 개념이다. 아비투스란 후천적으로 획득된 정신적 구조로서, 개인의 행동을 조직화하는 성향들과 기호들의 발생 원칙이자 사회라는 우주를 인식하고 평가하는 시스템이다. 기호와 성향의 발생적 시스템으로서의 아비투스는 노엄 촘스키(Noam Chomsky)의 생성문법처럼 1,2개 문장을 듣고도 그것과 완전히 동일하지 않은 수많은 문장을 발생시킬 수 있는 능력과 흡사한 개념이지만, 문장을 발생시키는 언어적 능력을 인간의 자연적 능력으로 간주한 촘스키와는 달리 이것은 어디까지나 후천적인 획득물이다.

계급적 존재 조건의 산물: 아비투스의 일차적 형성 조건은 사회계급이다. 계급이나 집단의 아비투스가 객관적 동질성을 띠는 것은 존재 조건의 동질성에서 기인한다. 성에 따른 노동 분화라든가 소비 양태, 부모와의 관계 등등 한 사회 계급의 모든 구성원들은 다른 사회 계급의 구성원들보다 동일하거나 흡사한 상황에 마주쳤을 것이며, 이것은 그 구성원들에게 동질적인 사회적 경험의 산물로서 고유한 성향들의 시스템을 발생시킨다. 계급적 필연성이 가족 경제와 가족 관계라는 차원에서 발현됨으로써 한 계급에 고유한 정신적 구조(투자 성향이나 절약하는 버릇)를 만들어 내게 되는 것이다. 아비투스는 일정 사회적 조건이 체화된 실천적 감각, 즉 "사회적 필연성이 천성으로 굳어진 것(nécessité sociale devenue nature)"(부르디외, 1994:116)이다. 모든 행위자는 자신에게 고유한 선호도 시스템에 따라 행동하는데, 선호도 시스템이 다양한 유형을 띠는 것은 사회적 존재 조건을 형성하는 계급이 다양하기 때문이다. 개인적 아비투스들간의 차이는 시간적으로 전복한다는 것이 불가능한 일련의 사회적 결정성이 하나씩 상응했던 그들의 사회적 궤도(trajectoire sociale)의 특수성에서 기인한다. 아비투스는 특정 존재 조건에 미리 맞춰진 답변들(성향들)을 발생시키는 원칙으로, 모든 개인적 역사의 산물인 동시에 개인의 어린 시절에 대한 경험을 통해 드러나는 그의 가족과 계급이라는 집단적 역사의 산물이다.

보존적 성향: 아비투스는 이미 형성된 성향들을 변형시키기보다는 그것들을 보존하고 강화하는 선택적 인식의 원칙으로, 아비투스를 생산한 과거의 조건과 동일하거나 상동적인 모든 조건에 대해 이미 준비되어 있는 답변들을 발생시키는 모태로서 기능한다. 아비투스는 과거의 존재 조건에 의해 구조된 성향이자 새로 접하는 정보들을 구조화하는 성향(dispositions structurantes structurées)으로서, 새로운 정보들은 아비투스에 제한적으로만 영향을 끼칠 수 있다. 따라서 아비투스는 최초의 경험에 의해 결정된다. 최초의 경험이 행사하는 특수한 중요성은, 아비투스가 접한 새로운 정보들이 우연적이거나 혹은 강요되었을 때 아비투스는 새로운 정보들 중에서 이미 축적된 정보들을 문제삼는 정보들을 거부하고, 특히 그런 정보들에 노출되는 것을 회피함으로써, 새로 접하는 정보들을 선택적으로 통제함으로써 스스로의 고유한 항구성을 방어하려고 하는 데서 설명될 수 있다. 아비투스는 자신에 대한 비판적 문제 제기로부터 스스로를 방어하려는 경향을 갖는 것이다. 즉 아비투스는 특정 환경에 대한 적응의 산물로서, 이미 적응된 환경 속에서 얻어진 경향들을 계속 유지하려고 한다. 아비투스의 보존적 성향은 새로운 환경과 정보에 접했을 때 행위자들의 적응만큼

이나 부적응의 원칙이 되며, 혁명적 태도나 체념적 태도의 기초가 된다. 돈키호테는 이미 흘러간 모델이 된 아비투스(중세의 기사도 정신)와 현재의 환경 사이의 간극을 잘 보여 주는 경우라고 할 수 있다. 아비투스가 갖는 원초적 경험의 잔류 효과로 인해 돈키호테의 성향은 시간을 거슬러 기능한 것이며, 옛것이 된 조건에 적응되어 있는 돈키호테의 아비투스는 그가 사는 시대에서 부정적인 인준을 받을 수밖에 없었던 것이다. 이처럼 아비투스는 즉각적으로 직면한 현재가 행사하는 외적 결정성에 대한 상대적 독립성을 허용해 준다.

하나의 자본으로 기능하는 아비투스: 아비투스는 이상주의적 전통에서 말하는 초월적인 주체의 개념을 의미하지 않는다. 아비투스는 변화 속에서 개인의 항구성을 보장해 주는 후천적 획득물로서, 경우에 따라서는 하나의 자본처럼 기능할 수 있는 소유물이다. 가장 위험 부담이 높은 위치로 향하게 하는 것, 즉 단기간의 경제적 이익 없이 그 위치들을 지속시킬 수 있는 역량은 경제적이고 상징적인 자산을 보유하고 있느냐에 의해 결정된다. 부르디외는 경제적 이윤을 위해 시를 포기하고 풍속 소설을 선택했던 사람들, 시간의 일부분을 극이나 소설에 할애해야 했던 소부르주아 출신의 수많은 상징주의 시인들, 혹은 보헤미안 생활이 가혹한 실패로 끝난 후 자발적으로 산업문학에 몸을 내맡긴 빈약한 사회적 출신의 작가들을 예로 들면서, 경제적 자산이야말로 경제적 필연성에 대한 자유의 조건을 확보해 준다고 말하고 있다. "돈이 돈에 대한 자유를 보장해 준다. 재산이 있어야만 대담해질 수 있고, 그 대담함은 훗날 재산을 갖다 준다."(부르디외, 1992:125) 마찬가지로 우월한 사회적 출신과 결부된 존재 조건들은 물질적 이윤에 대한 무관심이나 대담함, 혹은 새로운 상징적 위계 질서를 예견할 수 있는 기술과 감각을 조장한다. 경제적으로는 위험 부담이 높지만 커다란 상징적 이윤을 보장하는 위치를 일정 기간 동안 점할 수 있는 사람들은 생계를 위해 이차적인 직업에 매진하지 않아도 되는 사람들인 것이다. 이러한 성향들은 아방가르드적 위치로 이동하는데, 그런 위치들은 이미 존재하는 수요를 앞지르는 것으로 수요를 창출할 수 있는 공급 행위를 형성할 수 있다. 따라서 장기적으로 볼 때 그것은 거기에 최초로 투자한 사람들에게는 상징적으로 가장 이윤이 높은 위치들이기도 하다. 이처럼 위치잡기의 감각은 사회적(아버지의 직업)·경제적·지리적(수도/지방) 출신과 밀접하게 결부되어 있는 성향들로서, 이 경우 성향은 하나의 자본처럼 기능한다.

무의식으로 화한 사회적 천성: 아비투스는 목적에 대한 의식적 성찰 없이, 혹은 목적을 달성하기 위한 의식적인 통제를 필요로 하지도 않는, 그러나 목적에 적합한 표상과 실천들을 발생시키고 조직화하는 원칙으로서, 마치 지휘자의 지시 없이 연주되는 오케스트라처럼 집단적 조화를 이루어내는 성향들의 체계이며, 규칙을 참조하지 않고도 규칙적인 행동을 발생시키는 원칙이다. 아비투스는 아비투스를 산출한 구체적인 사회적 공간에 대해 의식의 표면으로 떠오르지 않는, 실천적 앎의 관계를 유지하는 원칙으로서 스스로가 사회적 산물임을 망각한다(절약, 혹은 투자 성향의 사회적 발생에 대해 자문하지 않고 절약 혹은 투자하는 성향). 그것은 사회적 필연성에 의해 형성된 이차적 천성인 것이다.

물론 아비투스가 제공하는 여러 반응들 중에서 의식적 계산의 몫을 완전히 제외할 수는 없다. 그러나 해야 할 일과 해서는 안 되는 일, 말할 것과 말하지 말아야 할 것, 만날 사람들 혹은 피해야 할 사람들, 가야 할 곳 혹은 피해야 할 장소들 같은 아비투스가 산출하는 일체의 실천들은 모든 의식적 계산 너머에서 이루어지는 것이다. 아비투스는 모든 선택을 행하는 데 있어서 선택되지 않은 원칙으로, 원치 않는 정보를 피하기 위한 필수적인 정보를 담고 있는 시스템이자 의식적 성찰의 외부에 놓인 습관과 성향, 기호들의 시스템이다. 즉 그것은 자신에게 거부된 것을 스스로가 거부하고, 필연성을 미덕으로 받아들이는 질서에 대한 즉각적인 복종을 가능케 한다. 한마디로 행위자들을 '그 취향대로' 살게 하는 경향, '자신의 조건에 적합하게' 살게 하는 것이 아비투스이다. 외부 관찰자의 눈에 한 행위자의 행동이 하나의 목적성을 중심으로 객관적으로 조직되고 방향지어진 시퀀스의 형태를 띤다 할지라도, 그것은 기계적인 결정론의 산물도 또 의식적인 전략의 산물도 아니다. 즉 기계적인 강제가 행위자들을 그 행동으로 내모는 것이 아니다. 행위자들은 그들의 기호와 성향에 맞는 실천을 향해 자연스럽게 시선을 돌리는 것이다. 아비투스는 꼭 필요한 어떤 것이 되기 위해서 그들이 존재하는 대로 존재하면 충분한, 즉 그들의 차이성을 드러내기 위해 의식적 노력의 필요조차 없이 행위자들에게 '자연스러운' 자세를 취하게 만드는 '자연스러운 변별성(distinction naturelle)'의 행동과 선택의 발생 원칙이다. 오히려 그들의 차이성을 드러내기 위한 의식적인 노력 자체가 그들의 아비투스를 부정적인 방식으로 노출시킨다. 왜냐하면 의식적 노력 자체는 행위자가 스스로에게 결핍되어 있는 것을 스스로 인정하는 것이며, 그가 그 결핍된 대상에 관심을 갖고 있음을 고백하는 결과를 낳기 때문이다.

사회적 궤도(trajectoire sociale): 부르디외에게 있어서 사회적 궤도란 예술가의 카리스마적 전기 형태를 대체하는 개념이다. 분석을 위해 한 작가에게 있어서 직업적 소명 의식이나 열정 같은 것,

그리고 그의 가장 진지한 존재론적 경험으로서의 창작 행위와 문학 활동들을 문학장 내의 투쟁 전략으로 간주하는 것처럼 한 사람의 일생을 동일한 행위자가 연속적으로 점한 위치들로, 즉 문학장 속에서 다양한 자산들(경제적 자산과 상징적 자산) 사이의 자리잡기와 자리 이동으로 파악하는 것이 바로 사회적 궤도이다. 새로운 위치를 향한 각각의 자리 이동은 대체 가능한 위치들 전체의 배제를 내포하고 있으며, 특정 이동을 선택함으로써 당시에는 가능했던 다른 모든 선택들을 역전시킬 수 없는 불가능성으로 몰아간다. 부르디외에 의하면 한 생산자와 그의 생산물을 관계적 사유가 아닌, 일관성이라고는 오직 이름밖에 없는 '주체' 개념을 통해 설명하는 것은, 마치 그물망처럼 얽힌 전체 지하철 노선의 구조를 파악하지 않고 지하철 속에서의 한 여정을 설명하는 것처럼 무모한 일이다. 아비투스의 성향들은 사회적 공간을 주파하는 한 사회적 궤도의 독특한 방식에 의해서 표현되는 것이다. 위기 상황은 행위자들로 하여금 자신에 대해서 모르고 있던 잠재성을 드러내게 만들기도 한다.

문학장과 아비투스: 그렇다면 아비투스는 문학장과 어떤 관계를 맺고 있는가? 문학장의 요구를 예상하고 거기에 적응하는 실천적 감각은 스포츠 용어를 빌리면 게임 감각이라고 할 수 있다. 뛰어난 스포츠 선수는 마치 공이 그를 명령하듯 공이 떨어질 장소에 다가가 있다. 그러나 실제로 공을 통제하는 것은 바로 그 선수이다. 그러한 그의 행동보다 더 자유롭고 더 강제적인 것은 아무것도 없다. 강도 높고 오랜 훈련으로 단련된 그의 몸은 미처 의식적 노력을 기울일 필요도 없이 게임의 운영 규칙을 체화한 것이다. 이와 마찬가지로 한 행위자의 아비투스와 문학장이 오랜 세월 상호 조정을 거쳤을 때, 체화된 역사(histoire incorporée)로서의 아비투스

는 객관적 역사(histoire objective)로서의 문학장의 요구에 전적으로 적응된 그러나 모든 계산성을 배제한 '아주 자연스러운' 행동을 발생시킨다. 이처럼 체계화된 주관적 성향, 아비투스는 문학장의 객관적 조건에 얼마나 오래, 얼마나 많이 노출되었느냐에 의해 결정된다. 위치과 성향 사이의 관계는 일방적인 것이 아니라 상호적이다. 성향들의 체계인 아비투스는 객관적으로 구조화된 위치들과의 관계에서만 실제적으로 실현된다. 아비투스는, 아비투스의 잠재성을 실현할 수 있는 상황을 만나지 못하면 결코 산출하지 않을 그런 행위들을 담고 있다. 위치는 성향들을 만드는 데 공헌하지만, 성향들은 문학장 외부에 존재하는 독립적인 조건의 산물로서, 위치들 속에 새겨진 잠재적 가능성은 성향들을 통해 실현된다. 이처럼 위치의 공간과 위치잡기의 공간의 상동성은 기계적인 것이 아니다. 그것은 현행의 위치잡기들의 공간을 인식하고 거기서 개연성 있는 미래의 가능성을 포착하는 행위자들의 성향에 의해 매개된다. 문학장의 가능한 미래는 매순간 장의 구조 속에 새겨져 있다. 그러나 각각의 행위자는 자신들의 힘과 장 속에 새겨진 잠재적 가능성들과의 관계 속에서 자기 자신의 미래를 만들고, 그럼으로써 장의 미래를 만드는 데 공헌하는 것이다.

부르디외의 사상은 상징적인 것의 기원에 인간 정신의 선험적 형태를 위치시키는 칸트적 전통에 대립된 것으로서, 상징적인 것의 기원과 기능은 무엇보다도 사회적이라는 사실에 기초하고 있다. 부르디외는 텍스트를 해석하거나, 텍스트를 비평하거나, 혹은 텍스트에서 이데올로기의 몫을 끌어내려는 것이 아니다. 그는 작가의 관점을 재구성할 것을 요구하고 있지만 감정 이입이라는 전통적 방식이 아니라, 위치와 위치잡기 · 위치 이동이라는 사회적 궤도로 취급할 것을 요구하고 있다. 아비투스 개념은 예술적 행위와 판단에 대한 사회·경제적 결정성의 힘을 보여 주는 동시에, 창작가와 독자에게 있어서 가장 은밀하고 주관적인 경험에 대한 이해를 포기하지 않음으로써, 사회적 출신을 독자적이고 탈역사적인 설명 원칙으로 삼는 것이 왜 불가능한가를 잘 보여 준다. 한 언어의 문법은 문장 구성의 한계를 규정하고 있지만 문법이 허락하는 한에서 무수한 문체적 가능성이 존재하는 것처럼 세력들을 구조화하는 문학장이 행사하는 구속 속에서, 그리고 그와 동시에 문학장에 대해 상대적으로 독립적이면서 현행 문학장의 구조 속에 새겨진 가능성을 인식할 수 있는 아비투스에 의해 한 작가의 고유한 예술적 기획이 가능해지는 것이다.

텍스트 내적인 해석학과 마르크스주의적 외적 설명이라는 대립을 극복하려는 부르디외의 문학장 이론은 1980년대와 1990년대에 이르러 많은 결실을 보았다. 역사가 크리스토프 샤를(Christophe Charle)는 《자연주의 시대의 문학적 위기》(1979)에서 장르들과 유파들간의 알력 관계를 설명하고 행위자들의 문학적 기도가 문학장 속에서 어떻게 형상화되는가를 보여 주었고, 사회학자 레미 퐁통(Rémy Ponton)은 《1865-1905년 사이 프랑스 문학장》(1977)에서 일부 부르주아 출신 작가들이 심리주의 소설을 창안하면서 시와 소설이라는 장르의 위상 변화를 불러일으킨 과정을 그들의 사회적·문화적 자본과 당대 문학장의 구조적 특수성을 통해 설명하고 있다. 안나 보스케티(Anna Boschetti)는 《사르트르와 현대지(誌)》(1985)에서 예술가와 철학가, 작가와 교수라는 이미지를 결합하면서 전세계 지식인들을 사로잡았던 총체적 지식인(연극·소설·비평·철학·정치 사상) 사르트르의 전무후무한 성공을 당대의 문학장의 구조 속에서 파악하고 있으며, 지젤 사피로(Gisèle Sapiro)

의 《작가들의 전쟁 1940-1953》(1999)은 독일 점령 시기와 전후 프랑스 문학장의 구조적 재편성을 다루고 있고, 나탈리 하이니슈 (Nathalie Heinich)는 《위대함이 주는 시험》(1999)에서 문학상 수상 작가들을 대상으로 하여 사회학과 정신분석학, 인류학과 정치철학의 관점에서 문학장이라는 모델을 개선해 나갈 것을 제안하고 있다.

2. 사회적 조건과 문학 생산

여기서 소개하는 것은 레미 퐁통과 크리스토프 샤를의 연구인데, 모두 19세기말이라는 동일한 시대를 다루고 있으며, 각자 부르디외가 제안한 아이디어에 기반한 연구를 보여 준다는 의미에서 부르디외 이론이 어떻게 문학사회학에 활용될 수 있는지 구체적인 사례를 제공해 준다고 할 수 있다.

문화 자본과 사회 자본

레미 퐁통은 〈심리주의 소설의 탄생: 19세기말의 문화 자본과 사회 자본, 문학적 전략〉이라는 논문에서 심리주의 소설의 탄생이 자연주의 소설에 대립해서 문학적 합법성을 쟁취해 가는 과정과, 그 과정에서 심리주의 소설가들이 보유한 사회적 자본이 갖는 역할, 그리고 그들의 상징적 전략이 소설 장르의 위상을 어떻게 바꿔 놓았는지에 대한 설득력 있는 설명을 보여 주고 있다.

1880-1895년의 문학장은 자연주의 소설에 대한 반발과 저항으로 특징지어진다. 반자연주의 운동을 주도한 첫번째 그룹은 상

징주의 시인들인데, 레미 퐁퉁은 두 그룹 사이의 적대감을 각 진영이 문학장의 양극에 위치하고 있다는 데에서 파악한다. 즉 거대한 판매 부수를 올렸던 졸라의 자연주의 소설이 거대 생산의 극에 위치한다면 '예술을 위한 예술'을 주장하는 상징주의 시인들은 제한적 생산장의 극에 존재한다는, 양극 사이의 객관적 편차가 그들 사이의 적대성을 말해 준다는 것이다. 상징주의 시인들과 자연주의 소설가들의 관계가 상호간의 차가운 경멸과 냉담함으로 특징지어지는 냉전 관계라는 것 역시 각 진영이 문학장에서 점한 위치의 거리가 최대한이라는 사실에서 설명된다. 반자연주의 운동을 이끈 두번째 그룹은 부르제(Bourget)·바레스(Barrès)·브륀티에르(Bruntière)·드 보귀에(De Vogüé)·피에르 로티(Pierre Loti) 등과 같은 심리주의 소설가들과, 파리 거대 일간지에서 지배적인 위치를 점하고 있던 아나톨 프랑스(Anatole France)와 쥘 르메트르(Jules Lemaître) 같은 심리주의 운동의 동맹자들이다. 동일한 소설 시장에서 경쟁 관계에 있었던 만큼 자연주의 소설가들과 심리주의 소설가들의 논쟁은 보다 치열한 것이었다. 상징주의 시인들의 언로가 소규모 시 잡지에 한정된 반면, 심리주의 소설가들의 공략은 보수적 부르주아 층에게 커다란 권위를 행사하는 《르뷔 데 되 몽드 Revue des Deux Mondes》 같은 대규모 잡지들을 통해 이루어졌다는 것도 심리주의 대 자연주의의 갈등을 더욱 뜨겁게 했던 요인이라고 할 수 있다.

레미 퐁퉁은 심리주의 소설가들이 자연주의 소설가들보다 월등하게 우수한 사회적 자본을 갖고 있었음을 지적한다. 자연주의의 1세대와 2세대 소설가들은 대부분 점원이나 영세 상인, 장인의 아들이거나 혹은 소규모 액수의 연금생활자의 아들들로 보잘것없는 소부르주아 출신이었다. 게다가 자연주의 소설가들 대부분은 지방 태생이었고, 학교 교육 역시 중등 교육을 중단하거나 고등 교육을 중도 하차했다. 반면 심리주의 소설가들은 군장성이나 외교관·대상인·대학교수 같은 부르주아 출신이거나, 부친이 그랑 제콜을 나온 지식인 집안 태생으로 문화적 투자에 적극적인 환경에서 성장했다. 심리주의 소설가들은 모두 파리에서 중등 교육을 받았고 일부는 명망 있는 리세(앙리 4세 리세나 루이르그랑 리세)에서 수학했으며, 학사학위를 받았거나 일부는 교수자격시험까지 합격한, 고등 교육의 수혜자들이었다.

그러나 레미 퐁통은 자연주의 소설가들과 심리주의 소설가들의 대립과 논쟁을 그들간의 사회문화적 특성만으로 설명할 수는 없다고 주장한다. 양 진영간의 차별적인 사회적 자본은 당대의 문학장을 구조화하는 객관적 특질과 만날 때에만이 실제적인 문학적 실천으로 구현될 수 있기 때문이다. 퐁통에 의하면 이 시기 문학장의 첫번째 특징은 소설의 양적 증대이고, 두번째 특징은 시와 소설 사이의 양적 차이에도 불구하고 상징적 서열에 있어서 소설에 대한 시의 우위이다. 1840-1875년 사이 소설의 연간 발행 부수는 2백46권이었으나, 1876-1885년 사이는 무려 6백21권에 이르게 된다.[17] 제2제정 말기에 나타난 소설의 양적인 발전은 중등 교육의 확산과 밀접한 상관 관계를 이루는 것으로, 이것은 문학 작가들로 하여금 향후 문학장의 가능성에 대해 새로운 인식을 하게 만들었다. 레미 퐁통은 브륀티에르 같이 명성 높은 비평가가 문단 데뷔 시절부터 소설에 관심을 가지면서 소설이야말로 문학에 대한 전반적 인식을 줄 수 있는 장르라고 평가했다는 사실을 예로 들

---

17) 인쇄 부수 역시 주목할 만한 증대를 보이는데, 졸라의 《목로주점》은 초판 발행 5년 후인 1882년 10만 부를 넘어섰다.

어 문학장 내 장르들간의 서열이 지각 변동을 보여 준다는 점을 지적하고 있다. 소설 장르의 부상은 시인으로서의 캐리어가 점차 불투명해진다는 현실에서 이해할 수 있다. 1880년까지 시는 아카데미 프랑세즈 선출을 목표로 하는 문인들의 장르였다. 그러나 1866년에 출간된 《동시대의 파르나스》의 37명의 시인들 중 고작 4명이 아카데미 프랑세즈에 들어간 사실에서 알 수 있듯, 아카데미 프랑세즈에 입성하기 위한 시인들간의 경쟁은 매우 치열한 것이었다. 게다가 1875년 이후 시는 출간 권수에 있어서는 갑작스러운 증대를 보이지만, 인쇄 부수에 있어서는 열악한 상황에 머물러 있었다. 즉 시인 지망생 수는 증가했으나 시적 성공의 가능성은 현저하게 감소한 것이다. 결국 수많은 새로운 시인들의 문학장 유입은 그들이 주관적으로 기대하는 미래와 문학장 내에서 시라는 경력이 제공하는 객관적 미래 사이의 간극을 더욱 넓히는 결과를 가져왔던 것이다. 1881-1886년 동안 아카데미 프랑세즈에 입성한 문인들을 장르별로 따져 보면 소설가에 대한 시인의 압도적인 우세를 알 수 있다. 시는 문학적 합법성이라는 측면에 있어서 여전히 지배적인 위치를 점하고 있었던 것이다. 레미 퐁통이 지적하는 이 시기 문학장의 세번째 특징은 범국가적으로 지식인들의 존경을 받던 텐(Hippolyte Taine)과 르낭(Ernest Renan)의 존재이다. 두 인물은 모두 아카데미 프랑세즈 회원으로서 1880년 당시 젊은 세대들에게 '정신적 사법권'을 행사했던, 절대적인 숭배의 대상이자 프랑스의 두뇌 자체로 간주되고 있다.

그러면 이러한 문학장의 객관적 특징이 자연주의 소설에 대한 적대 의식으로 결집된 심리주의 소설의 부상과 어떤 관계를 맺고 있는지 살펴보자. 심리주의자들의 문학적 궤도에서 드러나는 것은, 그들 모두 문학 활동 초반에 가장 특권적인 장르로 간주되던 시를 시도했다는 사실이다. 따라서 그들이 시에서 소설로 전환했다는 것은, 시인 지망생이 증대하면서 시 장르에서의 객관적인 성공 가능성이 감소함에 따라 양적으로는 증대했으나 상징적인 측면에서는 시보다 덜 특권적인 장르로 눈을 돌렸다는 것을 의미한다. 우수한 사회적 자본을 소유하고 있던 심리주의자들은 소설을 선택하면서 당대 소설이 갖고 있는 낮은 상징적 위상에 그들의 사회적 위치에 걸맞는 문학적 합법성을 부여하기 위해 노력했는데, 퐁통에 의하면 이런 전략에서 그들이 찾아낸 테마가 바로 심리학이다. 그런데 당대 사람들의 인식 속에서 심리학이란 말은 곧 텐의 저작을 한마디로 요약해 주는 것이었고, 또한 심리주의 소설가들은 텐과 르낭을 그들의 정신적 스승이라고 주장했다. 한편으로는 심리학과 소설을 결합시킴으로써 심리학이 갖고 있는 높은 위상을 통해 소설 장르의 낮은 사회적 위상을 고양시켰고, 다른 한편으로는 프랑스 지식인 사회에서 지배적인 영향력을 행사하는 두 인물의 지적 자본을 상속하겠다는 전략을 전개한 것이다.

심리주의 소설가들이 심리학을 내세우게 된 또 다른 요인으로는 그들이 모두 철학 강의에 익숙한 고학력 소지자라는 점을 들 수 있다. 그들은 오랜 학교 교육 과정을 통해 보편적 관념과 분석에 대한 기호를 키워 나갔던 것이다. '고상한 감정'과 '영혼의 민감한 떨림'을 그리겠다는 심리주의 소설 미학은 졸라의 자연주의 미학과는 대조적인 것이었다. 레미 퐁통은 심리주의 소설가들이 상류 사회와 사교계를 소설 줄거리의 배경으로 한다는 것 역시 민중적 색채를 띤 졸라의 문학과의 단절을 보여 주는 것이라고 지적한다. 바레스는 "세상의 모든 영광과 비참함을 맛본 권력을 잃은 황후의 영혼은, 만취해 있는 남편에게 두들겨맞는 하녀의 영혼이나 처형 말뚝에 매달린 인디언의 영혼보다 더 흥미로운 심리적 관찰 대상이다"라고 말한 바 있다. 심리주의 소설가들은 이처럼 소설 등장인물의 사회적 위치에 곧 문학적 중요성을 부여했다. 결국 상류 사회 출신이거나 혹은 상류 사회에 동화된 심리주의 소설가들은 학교 교육이 그들에게 남겨 준 분석에의 기호(심리학)에 힘입어 그들에게 친숙한 계층(사교계)을 쉽게 문학적으로 형상화할 수 있었던 것이다.

심리주의 소설가들 중 많은 수가 아카데미 프랑세즈에 입성함으로써 문학적 축성을 얻게 된다. 드 보귀에는 1888년, 로티는 1891년, 브륀티에르는 1894년, 부르제는 1895년, 르메트르와 프랑스는 1896년, 에르비외(Hervieu)는 1900년, 바레스는 1906년에 아카데미 프랑세즈에 들어갔다. 레미 퐁통은 심리주의 소설가들과 아카데미 프랑세즈 사이의 이러한 친화력에 중요한 역할을 한 것은 심리주의 소설가들이 활약하던 잡지였다고 지적하고 있다. 1893년 브륀티에르가 이끌던 《르뷔 데 되 몽드》에는 무려 18명의 아카데미 프랑세즈 회원들이 글을 쓰기도 했다. (종신직인 아카데미 프랑세즈 총회원수는 40인이다.) 또한 심리주의 소설가들은 주요 언론에서 영향력 있는 위치를 점하고 있었을 뿐 아니라 가톨릭계와도 친밀한 관계를 유지하고 있었다. 1891년 드 보귀에의 주선으로 교황과의 사적인 면담을 얻어낼 정도로 심리주의 진영은 가톨릭 고위층 속에 충실한 동맹자를 갖고 있었던 것이다. 아카데미 프랑세즈가 가톨릭 정당처럼 군림하던 시대였음을 고려하면 심리주의자들과 교황과의 면담은, 매우 의미 있는 사건이 아닐 수 없다. 또한 바레스의 발언에서 읽을 수 있는 심리주의자들의 보수적이고 반동적인 이데올로기는 이 당시 아카데미 프랑세즈의 정치적 성향이기도 했다. 이와 아울러 레미 퐁통은 심리주의 소설가들이 상류 사교계 여인들이 주관하는 살롱에 드나들었다는 점을 지적하고 있다.[18] 살롱의 여인들은 대중의 찬사를 한몸에 받는 유명 인사를 가까이 두기를 원했던 것이며, 심리주의 소설가들은 그런 여인들로부터 상류 사회 진입에 필수적인 옷차림이나 몸가짐을 배우고 유리한 친분 관계를 맺으면서 그들의 사회적 이미지를 관리할 수 있었다. 레미 퐁통은 이러한 문학 살롱들은 아카데미 프랑세즈로 입성하기 직전에 머무르는 비공식적 대기실 역할을 하던 곳이라고 단언한다.

레미 퐁통에 의하면, 심리주의 소설가들의 아카데미 프랑세즈 입성은 시와 소설 사이의 상징적 자본의 이전을 불러일으키면서 문학장의 구조를 변화시켰다. 소설 장르가 심리주의 소설의 형태로 문학적 합법성을 획득함에 따라, 시는 낭만주의 시대 이후 누리던 상징적 위치를 빼앗기게 된 것이다. 문학 장르들간의 서열 변화는 아카데미 프랑세즈의 구성에서 잘 드러난다. 1885년 이후 여러 심리주의 소설가들이 아카데미 프랑세즈에 들어가는 반면, 시인의 유입은 현저하게 줄어들었다. 시 장르의 이러한 위상 변화는 상징주의 시인들의 사회적 특성에 의해서도 설명된다. 상징주의 시인들은 말라르메처럼 소부르주아 출신이거나 베를렌(Verlaine) 같은 사회적 낙오자들이었고, 아테네 검사 아들인 모레아스(Moréas)와 스튜아르트 메릴(Stuart Merrill) 같은 미국 외교관 아들, 비

---

18) 드 로인 부인은 쥘 르메트르에게 넥타이 매듭 매는 방식을 통해 의심과 불신을 감추는 법, 보다 권위적인 이미지를 보여 줄 수 있도록 코안경 쓰는 법 등을 가르쳐 주었고, 카엘 당베르 부인은 '대담해 보이는 외알 안경, 손잡이가 금으로 된 지팡이, 섬세한 넥타이와 내의' 고르는 법을 가르쳐서 폴 부르제를 '영국적인 세련미가 넘치는 흠잡을 데 없는 젠틀맨'으로 만들었다. 피에르부르그 부인은 폴 에르비외의 정부이자 정신적 동반자였고, 아당 부인은 피에르 로티에게 아카데미 프랑세즈 회원이 되기 위해서는 그에 걸맞는 적절한 옷차림이 필요하다는 것을 알려 주었다.

엘레 그리팽(Viélé-Griffin) 같은 미국 상원의원 아들처럼 지식인 부르주아 출신도 있었지만, 외국 국적자라는 사실 때문에 문학장에서 지배적인 위치를 차지할 수 없었던 것이다. 또한 상징주의 시인들은 연금 생활에 의존하면서 순수시의 창작에 매진했는데, 이것은 그들이 더 이상 과거의 시인들이 그랬던 것처럼 아카데미 프랑세즈 입성에 따른 문학적 축성을 노리지 않고 동료 예술가들의 예술적 인정을 노렸다는 것을 말해 준다. 즉 상징주의 시인들은 점차 자율화되는 문학장의 새로운 문학적 합법성의 논리를 추구했던 것이다.

소설 장르의 위상을 높이는 데 결정적인 역할을 한 심리주의 소설은 자연주의 소설에 대해 승리를 거두게 된다. 이것은 두 유파간의 경쟁이 처음부터 불공정한 조건하에서 이루어진 데에서 오는 당연한 귀결이라고 할 수 있다. 자연주의의 수장 에밀 졸라는 평생 24회에 걸쳐 아카데미 프랑세즈의 문을 두드렸으나 모두 실패로 돌아갔다. 졸라는 드레퓌스(Dreyfus) 사건 이전부터 사회주의에 관심을 보였으며, 무신론자였고, 또 미학적 성격에 있어서도 보수 인사로 구성된 아카데미 프랑세즈로부터 상징적 승인을 얻을 수 없었던 것이다. 이에 대해 레미 퐁통은 귀족이나 부르주아 같은 지배 계급이 아카데미 프랑세즈라는 심급 기관을 통해 상징적 합법성 수여를 거부한 것은 자연주의의 수장 졸라 개인이 아니라 졸라라는 개인을 가로질러 자연주의 소설 자체였고, 더 나아가 소부르주아 출신의 작가로 구성된 중간급 문화를 대변하는 소설적 전통이었다고 설명하고 있다. 자연주의 소설가들은 자신들에게 문학적 합법성 부여를 단호하게 거부하는 아카데미 프랑세즈에 맞서기 위해 다른 차원의 문화적 기구를 탄생시킬 필요를 느끼게 되는데, 그것이 바로 1903년에 탄생한 아카데미 공쿠르로서, 이곳의 임원은 아카데미 프랑세즈의 임원과 겸직할 수 없고, 정치가와 대영주는 아카데미 공쿠르에 선출될 수 없다는 것을 정관에서 밝히고 있는 것처럼 이것은 지배 계급의 문학(심리주의 소설)에 대항하기 위한 자연주의 소설가들의 새로운 심급 기관이었다.

공간적 위치와 사회적 위치

레미 퐁통의 연구가 19세기말 문학장의 구조적 제약과, 그들 아비투스가 제공하는 지각과 인식의 범주를 통해 일부 부르주아 작가들이 소설 장르의 위상을 쇄신하면서 장의 지배적 위치로 부상하는 과정을 보여 주었다면, 크리스토프 샤를의 〈공간적 상황과 사회적 위치: 19세기말 문학장의 사회적 지리학에 대한 에세이〉는 수도 파리 내부의 사회적 격차에 의한 차별적인 공간 점유와, 사회적 위치와 문학장에서의 위치에 따른 주거지와의 관계를 고찰하고 있다. 이것은 작가들의 내면적이자 존재론적 경험, 즉 글쓰기가 그들의 생활 양식과 맺고 있는 역동적 관계에 대한 질의이기도 하다.

크리스토프 샤를은 19세기말 오스만(Haussmann) 남작의 도시 계획 이후 발생한 도시 공간의 차별적인 점유 과정을, 지배 계급이 도시 서쪽을 정복하고 서민 계층이 동쪽과 주변부로 밀려난 과정으로 이해한다. 파리라는 도시 공간은 부르주아지의 주거지인 파리 중심·서쪽/서민 계급이 사는 파리 주변부와 북부로 특징지어진 것이다. 도시 공간의 이러한 사회적 격리 현상은 인구 확산에 의한 부동산 투기와 서민층의 폭동에 대한 두려움에서 기인한 것이기도 하다. 크리스토프 샤를이 계급들간의 공간적·사회적 차이를 측정하기 위한 지표로 선택한 것은 구역에 따른 집세이다. 당시 부르주아지는 체면에 걸맞는 곳에 산다는 것을 매우 중요하게 생각해서 가계의 큰 부분을 집세에 할당한 반면, 양육할 아이가 많았던 민중들이 가장 절약했던 부분이 바로 집세였다. 이처럼 주거지별 집세의 차이는 경제적 차이인 동시에 사회적 차이였고 또 공간적 거리이기도 한, 계급이라는 엄격한 사회적 분류에 의한 것이었다.

이러한 입장에 근거한 샤를 연구의 기본적인 출발점은 문인들의 주거지는 경제적 서열(집세)이자 사회적 서열(계급)인 동시에 문학장에서의 그들의 상징적 서열을 말해 주는 하나의 기호라는 것이다. 이 시기의 문인들은 대부분 파리 내부에서 고른 분포를 보이지만, 파리 서쪽에 있는 9구에 집중되어 있음을 알 수 있다. 전반적으로 가장 부르주아적인 작가들이 주거지로 선택한 것은 파리 서쪽인데, 이들은 아카데미 프랑세즈 회원이거나 그에 버금가는 탁월한 성공을 거둔 작가들이었다. 통속극 작가들은 주로 파리 북부에 거주했으며, 출신이 가장 초라한 작가들은 라틴 구역에 살았다. 당대 아방가르드 작가들 중에서는 파리의 선망받는 지역에 거주하는 사람이 한 사람도 없었으며, 대부분 라틴 구역이나 서민 구역인 18구에 거주했다.

이상과 같은 일반적인 접근을 토대로, 샤를은 파리 지역에 거주하는 다양한 작가들의 범주를 문학장에 고유한 특수한 기관들을 통해 재접근해야 한다고 주장한다. 즉 문학 살롱이나 잡지와 신문·극장·출판사 같은 문화 상품의 배포 기관들과의 인접성 측면에서 재조명해야 한다는 것이다. 그런데 문학장의 이런 기관들은 공간을 점유하는 데 있어서 전적으로 문학적이지만은 않은 변수에 의존하고 있었다.

먼저 문학 살롱을 살펴보자. 이 당시 살롱은 사회의 지배 계급과 가장 우수한 사회적 자본을 소유한 작가들의 만남을 주선하는 장소로서, 특권적인 교환 구조를 형성했던 곳이다. 살롱을 출입하는 작가들은 상류 사회에 적합한 문학을 제공하면서 문학장의 지배적인 위치에 올랐다. 이들은 규칙적인 수입을 보장해 주는 중요한 비평직을 맡다가 종국에는 아카데미 프랑세즈로 입성하게 된다. 이런 작가들은 대부분 파리 서쪽에 거주하는데, 이것은 순전히 문학적인 이유 때문이 아니라 사회적인 이유 때문이라고 볼 수 있다. 파리 서쪽은 다양한 장들의 지배 세력들이 서로 만나고, 그렇게 쌓여진 친분 관계를 토대로 그들의 패권을 유지하는 데 필수적인 경제적·상징적 교환의 장소였기 때문이다.

이와 달리 중간 지역이라고 할 수 있는 9구나 2구에 거주한다는 것은 문학적 특수성에 기인한다. 이 지역은 신문과 잡지가 집중된 곳으로 이런 기관들은 연재 소설을 통해 작가들을 알리고, 또 작가들을 비평가로 고용하면서 작가들에게 확실한 재원을 보장해 줄 수 있는 곳이었다. 1880년대 신문수의 놀라운 증폭은 이 영역에서의 수많은 직위와 보수의 가능성을 의미하는 것이며, 그것은 어느 정도 산업문학의 도래를 의미하는 것이기도 했다. 이 지역은 생활 수준이 상당히 향상된 곳이었을 뿐더러, 신문 경영의 핵이라고 할 수 있는 신문 배포가 주변에 있는 3개의 역사(驛舍)를 통해 수월하게 이루어졌고, 증권거래소나 은행 같은 금융 기관들과도 인접해 있었다. 또한 이 지역은 통속극이 상연되는 대로와도 가까운 곳에 있었다. 통속극 극장들은 이 일대를 새로운 문화적 중심부로 만들면서 새로운 부르주아 계급의 예술을 창안하는 데 결정적인 역할을 했다. 따라서 많은 작가들이 이 지역에 거주한다는 것은, 이 지역이 작가들로 하여금 스스로를 널리 알리고 또 생계를 보장해 주는, 문학장의 배포 구조가 위치하는 구역이라는 사실에서 설명된다.

19세기말 문학 잡지들의 지리학은 신문과는 다른데, 《르뷔 데 르뷔 Revue des Revues》나 《아날 Annales》 같은 권위 있는 잡지는 센 강 우안에, 가장 문학적이고 가장 지적인 잡지들은 센 강 좌안의 지식인 구역에 자리잡고 있었다. 아방가르드 작가들이 주도하는 시 잡지들은 라틴 구역에서 발행되었는데, 이 잡지들은 그 지역에서 필자들을 모집했고, 주요 독자층 역시 그 지역에서 찾아냈다. 그러나 이런 잡지들의 생명은 한시적인 것이었다. 이 소규모 잡지들은 거대 언론의 부르주아 대중과는 매우 다른 독자층을 갖고 있었으며, 문학의 산업화에 맞서 그리고 대중의 사회학적 변모와 결부된 시 배포의 약화에 맞서 투쟁했지만 그것은 어디까지나 장인적 수준에 머물러 있었다. 시 잡지를 주도하던 라틴 구역의 아방가르드 작가들은 대학생이나 예술가 무리에서 나왔는데, 대부분 지방 출신이거나 외국인으로서 대학교가 운집한 라틴 구역으로 모여들었다. 거기에는 헐값의 주거지와 저렴한 만남의 장소(카페), 고유한 독자층, 거의 박애적이라 할 수 있는 출판인들, 그리고 모금으로 만들어진 소규모 잡지가 있었던 것이다.

크리스토프 샤를은 문학 장르를 선택하는 데 있어서 작가의 지리적 출생이 무관하지 않다고 설명한다. 이 시기의 시·소설·연극이라는 3개의 장르를 통틀어 지방 출신 작가/파리 태생 작가의 비율은 평균적으로 2 대 1이라는 통계를 보여 준다. 그러나 시의 경우 지방 출신:파리 출신이 4:1의 비율을 보인다면, 소설은 3:1을, 연극은 1:1이라는 비율을 나타낸다. 이것은, 파리의 문학장에서 가장 멀리 떨어져 있는 지방 출신 작가들은 가장 낮은 수입을 가져다 주는 장르(시)와 상징적으로 가장 덜 특권적인 장르(소설)에 도전하고, 파리 출신 작가들은 가장 수입이 좋은 연극에 종사하고 있음을 말해 준다. 크리스토프 샤를의 분석에 따르면, 아방가르드 작가들의 분야는 시에 국한되어 있었다. 즉 파리에 도착한 지 얼마 안 되는 아방가르드 작가들은 수도의 주변부 혹은 라틴 구역에 거주하면서, 경제적으로 가장 '영양가 없고' 상징적 위상이 소설에 의해 위협받기 시작하는('예술적 노화') 시에만 매진한 것이다. 샤를은 이들이 출발할 때부터 갖고 있는 핸디캡으로 인해 그들이 문학장 내의 지배적인 관계망에 접근하는 일이 용이하지 않았다고 판단한다. 반대로 대부분 파리 출신인 연극 작가들은 어렸을 때부터 연극에 친숙하며, 연극이 가져다 주는 성공과 이점을 잘 알고 있었다. 연극은 폐쇄적인 사회이지만 그들에게는 연극이 조금도 낯설지 않았고, 오히려 그런 점은 연극을 훨씬 더 매력적인 것으로 보이게 했다는 것이다.

샤를은 문학장 내에서 지배적 극에 위치하고 있었던 심리주의 소설가들과 중간적 위치에 자리한 자연주의 소설가들, 그리고 아방가르드 속에 머물고 있던 상징주의 시인들간의 주거지 비교를 통해 사회적 힘이 문학장을 가로질러 어떻게 굴절되는가를 보여 준다.

대부분이 대학 종사자들이었던 심리주의 소설가들은 서쪽 지역에 거주하고 있었고, 자연주의 소설가들은 이에 비해 보다 폭넓은 지리적 분포를 보여 주는 데 대부분 파리 동쪽이나 북쪽, 혹은 6구나 9구에 몰려 있었다. 심리주의 소설가들과 자연주의 소설가들의 주거지 분포는, 그들이 문학장에서 점하고 있는 각각의 위치를 말해 주는 동시에 그들의 사회적 궤도의 산물이기도 하다. 자연주의자들은 젊었을 때는 라틴 구역에서, 그 다음에는 소규모 연금생활자들이 사는 바티뇰 같은 중간적 지역으로 흘러들었다. 자연주의자들에게 최고의 이상은 파리 교외의 메당에 위치한 졸라의 집처럼 시골의 작은 집에 둥지를 트는 것이었다. 이것은 거대한 귀족들의 성에 대한 작은 항변의 표시라고 해석할 수 있다. 심리주의자들의 행적은 완전히 다르다. 그들은 그들의 타고난 성향을 쫓기만 하면 충분했다. 성공하기 위해서 신문이 밀집한 파리 북부를 빙 돌아올 필요도 없었다. 대학에서 공부하는 동안 심리주의자들은 잠시 라틴 구역을 드나들지만 곧 화려한 문학 살롱으로 가버린다. 심리주의자에게 있어서 거대 언론에 글을 쓰는 일은 금전적으로는 중요하지 않았지만 커다란 상징적 이윤을 보장해 주는 일이었다. 그들은 자신들의 우수한 사회적 자본에 비춰 볼 때 아카데미 프랑세즈의 입성을 그들의 문학적 경력의 당연한 귀결로 간주한다. 그리고 자신들의 친분 관계를 이용해서 자연주의 소설가들이 아카데미 프랑세즈에 들어오지 못하게 했다. 반대로 자연주의 소설가들은 그들의 태생적 핸디캡을 감수해야 했다. 그들에게 있어서는 빠른 경제적 보상만이 생계를 보장해 주는 것이었지만, 그렇게 함으로써 적들에 의해 산업문학이라며 경멸당했고, 이 때문에 최상의 문학적 합법성에 도달하기가 어려웠다. 사회적 · 지리적으로 지배 계급과 인접해 있는 심리주의 소설가들은 사교계 투자를 통해 가장 특권적인 문학적 축성(아카데미 프랑세즈)에 이르지만, 자연주의자들의 고객은 작가들에게 최상의 경우 생계 보장의 수단은 제공하지만 권력을 제공할 수는 없는 중간급의 소비층이었다.

자연주의자들보다 훨씬 험난한 길을 걸었던 이들은 아방가르드 작가들이었다. 심리주의자와 자연주의자가 장르로서의 개척 가능성이 남아 있었던 소설을 택했다면, 아방가르드는 소규모 생산의 시 장르에 집착하고 있었다. 한마디로 시인들에게는 커다란 선택의 여지가 없었다. 그들에게는 사회적으로 추락하거나, 예술을 위한 예술을 택하는 길밖에 남아 있지 않았던 것이다. 크리스토프 샤를은 아방가르드 작가들은 라틴 구역이나 바티뇰, 혹은 몽마르트르에 거주하면서 가끔씩 외국에 머무른다는 특징을 지적한다. 외국은 파리에서 거부당한 아방가르드 작가들이 도움을 청하는 곳으로, 프랑스 시장에서 평가절하된 그들의 생산물은 프랑스의 문화적 입김이 강하게 행사하는 외국에서 상대적으로 호의적인 반응을 얻었다. 그들의 주거지 선택과 외국으로의 이동은 현행의 문학장에 동화될 가능성이 부재하다는 사실과 직결된다. 대중이 없는 문학을 하는 탓에 이 작가들은 스스로가 그들 생산의 유일한 독자가 되는 지역에 운집하거나, 프랑스에서 무시당하는 그들의 생산물을 외국 시장에 제시하는 방법밖에 없었던 것이다.

3. 작가의 탄생: 알랭 비알라

위에서 소개한 크리스토프 샤를과 레미 퐁통의 연구가 역사학과 사회학의 분야에서 부르디외의 문학장 이론을 경험적으로 전개하고 있다면, 알랭 비알라는 피에르 부르디외가 사회학에서 제안한 문학장 이론을 문학 분야에서 본격적으로 적용한 인물로 평가받고 있다. 알랭 비알라에게 학자적 명성을 확보해 준 《작가의 탄생: 고전주의 시대의 문학사회학》(1985)에서, 비알라는 프랑스 문학장이 19세기 중반에 탄생했다는 부르디외의 주장에 대해 문학장은 이미 17세기부터 형성되기 시작했다고 주장한다. 문학이 하나의 사회적 제도로서 승인될 수 있는 사회적 토대가 이때 마련되었다는 것이다. 비알라는 17세기 프랑스 문학장의 형성 근거로서 아카데미들이 문학에 대한 토론을 가능케 함으로써 문학을 독자적인 사회적 활동으로 인지하게 만들었다는 점, 후견인에 의존해 있던 작가들이 저작권을 확보해 가는 과정, 그 결과로 사회적 인물로서의 작가(écrivain)의 탄생을 들고 있다.

원래 아카데미는 박학한 전문가들이 그들의 사유를 공유하는 사적인 모임이었다. 1620년대 이후 사적인 성격을 띤 아카데미들은 수적으로 급격히 증가했고, 분야별 전문성이 나타나기 시작한다. 아카데미가 수적으로 확산되자 중앙 집권화를 노리던 국가 권력은 국가적 지원을 통해 아카데미를 공식화하기 시작하는데, 그 대표적인 것이 아카데미 프랑세즈(1635)이다. 이것은 사적인 후견인의 점진적인 쇠퇴를 가져왔고, 국가적 후견은 체계화되면서 지방 아카데미에 대한 파리의 헤게모니가 강화되는 현상이 나타난다. 17세기 후반의 주목할 만한 현상은, 보다 전문적으로 순수문학을 표방하는 사람들이 초기부터 아카데미를 주도해 온 학자층(docte)에 대해 우위를 점하게 되었다는 점이다. 이 시기 순수주의자들과 학자들은 문학 규범에 대한 개념 정의를 둘러싸고 논쟁을 벌이는데, 코르네유(Pierre Corneille)의 《르 시드》에서 야기된 논쟁(아카데미는 이 극에 대립해서 《아카데미의 르 시드 비판》을 펴낸다)이나, 근대파와 고대파가 접전을 벌였던 신구 논쟁이 그 대표적인 경우라고 할 수 있다. 이것은 문학이란 무엇인가(혹은 무엇이 되어야 하는가)에 대한 논쟁으로서, 문학이 독자적인 사회적 위치를 확보하기 시작했음을 보여 주는 징후라고 할 수 있다.

문학장의 자율성을 보여 주는 또 다른 요소는 작가의 저작권이다. 전통적으로 문학의 독자는 사제와 귀족을 대상으로 한 것이었으나 17세기에 새롭게 등장한 독자층은 작가의 미래에 새로운 지평을 열어 주게 된다. 이들은 부유한 부르주아지와 중산 계급으로, 둘 다 현학 취미를 혐오한다는 공통적인 특징을 갖고 있었다. 기꺼이 문학 작품을 구매할 용의가 있는 이 독자층의 존재는 상품으로서의 창작물의 가치를 부각시키는 동시에 작가의 경제적 독립을 보장할 수 있는 결정적인 요인으로 작용하게 된다.

여기서 나타난 현상이 문학 외적 목적으로 출간하는 작가나 고상한 여가의 연장으로 문학적 글쓰기를 하는 아마추어 작가가 아닌 전업 작가의 출현이다. 문학을 생업으로 삼는 전업 작가의 경우 "문학장이 유일하게 현실적인 가능성의 공간"(홍성호, 2000: 21)일 수밖에 없었다. 비알라는 17세기 문학장이 제공하는 저작권에 의한 경제적 독립과, 아카데미가 제공하는 영광의 길 사이에 놓인 작가들의 전략을 다음 두 가지로 설명하고 있다. 하나는 성공 전략으로, 문학장의 내적 규범을 준수하면서 제도화된 영역에서 인정받은 지위를 연속적으로 점하는 것이다. 이것은 대부분 문학 외적 권력에 종속적인 방식으로 이루어지며, 비교적 더딘 반면 안정적이다. 다른 하나는 인기 전략인데, 인기 전략은 짧은 시간에 돈과 영예를 얻고, 문학 공간 내에서의 신속한 자리 이동을 추구하는 전략이다. 비알라는 라신의 경우를 인기 전략의 예로 들고 있는데, 원래 시로 출발했던 라신은 인기가 높았을 뿐 아니라 경제적으로도 수익성이 있었던 연극을 통해 커다란 성공을 거두었던 것이다.

아카데미 운동과 저작권 문제의 대두, 그리고 전업 작가의 출현과 더불어 주목해야 하는 것은 '작가(écrivain)'란 말이 근대적 의미에서의 창작인의 뜻을 갖게 되었다는 점이다. 당시 문학 작가를 지칭하는 용어로는 auteur가 있었다. auteur란 텍스트의 생산자를 의미하는 말로서, 이 경우 텍스트의 특수성을 고려하지 않고 사용되었다. 또한 auteur는 라틴어 autor와의 의미론적 연계 속에서 권위(autorité) 있는 저자를 지칭하는 말이기도 했다. 이 경우 auteur는 고대의 작가들을 지칭하는 표현으로, 문학 창작이나 독창성의 개념과 결부된 용어였다. 그런데 17세기 초반만 해도 '서기' 혹은 '필경사'를 의미하던 écrivain이 점차 auteur의 사회적 의미를 잠식하기 시작한다. 처음에는 조금도 특권적이지 않았던 écrivain이라는 용어가 동시대 작가들을 지칭하면서 점차 찬사의 뉘앙스를 띠게 된 것이다. 그리하여 écrivain은 미학적 의도로 씌어진 저작물의 auteur와 동의어로 쓰이다가 종국에는 auteur의 최상급을 이르는 표현이 되었다. 사회적으로 인정할 만한 독창적인 문학 창작인이라는 문학 작가의 사회적 위상이 확보된 것이다. (《작가의 탄생》이라는 제목은 여기서 기인한다.)

그러나 비알라는 이 시기의 문학장이 19세기의 문학장과 같은 정도의 자율성을 갖고 있었던 것은 아니라고 주장한다. 아카데미의 활동이나 저작권 문제 등은 17세기 문학장의 자율성의 징후를 보여 주기는 해도 문학 외적 권력에 크게 종속되어 있었기 때문이다. 아카데미의 공식화는 문학의 사회적 가치를 향상시킨 동시에 아카데미를 보수화하는 데 커다란 역할을 했다. 국가 권력층이 아카데미 활동을 후원하면서 통제력을 행사하려 한 것이다. 아카데미가 문학의 프로페셔널화를 위한 공간을 형성했다면, 아카데미 회원의 과제는 언어적·정치적·종교적 통일이라는 국가 사업에 대한 의무의 일환이었다. 또한 국가는 저작권의 발전을 제한하면서 작가들이 문학적 소유권을 통해 결정적으로 독립적인 사회적 지위를 확보하는 것을 방해했다. 이들을 국가 조직과 왕실에 종속적인 존재로 남겨두고자 했던 것이다. 결국 17세기의 문학장은 "자율적 역동성과 강요된 종속성 사이의 충돌이 항구적 긴장을 조성하는 장소일 수밖에 없었다."(홍성호, 2000:30) 17세기의 문학장은 타율적 요소가 자율적 요소보다 더 큰 힘을 발휘하던 곳으로, 작가의 존재는 귀족이나 교회 · 국가 등의 문학 외적 세력의 승인을 절대적으로 필요로 하고 있었다. 따라서 비알라는 이 시기의 문학장은 19세기의 문학장처럼 완성된 형태가 아니라 형성되고 있는 과정중에 있다고 파악한다. 피에르 부르디외가 19세기에 출현한 '예술을 위한 예술' 주장을 사회 속에서의 상대적으로 자율적인 공간으로서의 문학장의 시작으로 보고 있는 반면에, 비알라는 권력과 귀족 그리고 성직자들이 문학을 상대적으로 독립적인 사회적 공간으로 간주한 17세기를 문학장의 시작으로 보고 있는 것이다.

《작가의 탄생》 이후 비알라는 1993년에 발표된 〈수용에의 접근 Approches de la réception〉을 비롯한 여러 논문을 통해 사회학적 개념들을 어떻게 문학 연구에 활용할 수 있는지를 보여 준다. 작가의 이미지와 위상이 갖는 사회적 의미, 문학장의 시대 구분, 독자와 수용의 시각에서의 문학 텍스트 분석(르 클레지오 연구), 독자의 수사학, 사회시학, 기대의 교차 등이 최근 비알라가 제안하는 문학사회학적 방법들이다. 문학장 개념은 비알라의 연구에서 중요한 역할을 하는 개념이지만, 비알라는 부르디외 이론에 무조건적으로 따르기보다는 부르디외의 이론을 보완 발전하면서 문학 연구에 적용하고 있다. 문학장 탄생을 둘러싼 상이한 주장에도 불구하고 텍스트의 폐쇄성을 고집하는 구조주의적 독법의 관점에서 탈피하고, 걸작과 천재에 대한 찬미가 되는 문학 비평에서 벗어나 찬사의 대상이 된 작품과 작가의 모델에 대한 객관적인 연구를 시도한다는 면에서 비알라는 부르디외와 동일한 노선에 서 있다고 말할 수 있다.

부르디외는 사회적 요구와는 별개로 고유한 문학적 규범이 매개되는 문학장 개념을 제시함으로써 결정주의적인 단순 사회학적 관점을 벗어날 수 있게 해준다. 장이란 개념은 작가와 작품 사이(위치들의 공간과 위치잡기들의 공간), 작가와 출판인(생산장과 배포장), 작가와 독자(생산장과 소비장), 그리고 주어진 시대의 객관적인 문학적 성공의 조건과 작가의 의식 구조(문학장과 아비투스) 사이에서 사회적 요구가 굴절 변형해 가는 프리즘적인 공간 모델을 제시하고 있는 것이다. 또한 문학 생산과 소비의 역사성을 강조하는 문학장 이론은 1960~70년대의 구조주의 유행으로 밀려났던 문학사 연구에도 활발한 조명을 가능케 했다.[19]

아직도 현재 진행형인 문학장 이론을 평가한다는 것은 섣부른 일이겠지만, 현재까지 이루어진 문학장 연구는 〈문학 속의 사회〉보다는 〈사회 속의 문학〉을 설명하는 데 용이한 것이라고 말할 수 있다. 부르디외의 이론은 먼저 문학 작품을 문학장 내에 위치시키고, 문학장을 사회 전체의 장 속에 위치시키고 있기 때문이다. 즉 부르디외의 작업은 문학장이라는 매개를 통해 사회가 작품에 행사하는 영향에 집중하고 있으며, 개별적인 작품의 미학을 규명하는 일은 상대적으로 소홀히 다뤄지고 있는 것이 사실이다. (물론 텍스트의 미학을 규명하는 것만이 유일하게 합법적인 문학 연구인가에 대해서는 토론의 여지가 남아 있다.)

문학 작품에 접근하는 부르디외의 방식은 프랑스에서 순수 문학을 신봉하는 텍스트주의자들(필립 솔레르스가 이끄는 잡지 《앵피니 Infini》가 대표적이다)로부터 거센 반발을 샀다. 작가를 마술사

---

19) cf. 부르디외와의 인터뷰를 담은 신문기사가 로제 샤르티에의 《독서 실천 Pratique de la lecture》(1985)은 문화 현상으로서의 독서가 심성사(Histoire de la Mentalité)에서 차지하는 역할에 주목하고 있다.

에, 작품을 향수에 비교하는 부르디외의 연구는 문학적 신비에 대해서는 전혀 새롭게 공헌하는 바가 없으며, 부르디외의 언어는 문학에 대해 신성 모독적이라는 것이다. 문학의 초월적 가치를 믿는 진영과, 초월적이라고 주장하는 문학적 가치의 사회적 생산을 질문하는 진영 사이의 갈등이라고 할 수 있다. 문학 작품을 감정 이입을 통한 미학적 동일화 양태로 받아들이느냐, 아니면 하나의 사회적 대상으로 보고 객관화하느냐는 독자의 선택으로 남아 있다.

동문선

《얀 이야기》 ⓒ 2000 JUN MACHIDA

후 기

프랑스 문학사회학을 소개하는 이 글에서 필자는 여기서 논한 것이 어디까지나 '프랑스' 문학사회학이라는 점을 강조하고 싶다. 작가에 대한 사회적 인식, 문학의 위상과 정의에 있어서 한국의 문학적 현실은 프랑스와 상이하다. 프랑스에서 문학이 차지하는 중요성과 한국에서의 그것은 완전히 다르다. 프랑스의 경우 17세기나 18, 19세기의 문학이 현재의 문학적 정서 형성에 연속성을 갖고 있다면, 한국의 문학은 근대를 기점으로 단절을 보이고 있다. 누가 오늘날 시조와 향가를 쓰며 그것이 현재 한국의 정서를 형성하는 데 프랑스의 문학 같은 생명력을 유지하고 있다고 말할 수 있을 것인가? 여기서 소개한 외국 이론들은, 한국의 문학과 사회가 갖는 특수성을 고려하지 않는다면, 한국의 문학사회학에 그대로 적용될 수는 없을 것이다.

Ⅲ장의 부르디외의 이론 역시 프랑스가 아닌 다른 언어·문화권이나 다른 시대에 적용될 수 있을까 하는 점에 대해서는 의문의 여지가 있다. 비록 문학장은 국가와 시대에 따라 상이한 자율성을 띤다고 했지만, 부르디외의 문학장 이론은 사실상 '예술을 위한 예술'이라는 제한적 생산장의 탄생과 기능에 근거하고 있다. 그것은 사회의 지배세력(작품의 주문자과 고객)인 부르주아 계급이 부여하는 세속적 영광과의 단절에 근거한 근대 프랑스 문학의 자율성에서 출발, 프랑스 문학장의 상징적 권력을 문제시한 것이다. 즉 부

르디외 이론은 세계문학사에서 프랑스 문학이 점하는 위치나, 활발한 문단 활동(수상되자마자 곧바로 수십 개 언어로 번역에 들어가는 권위 있는 문학상), 수많은 에이전시를 중심으로 한 작가 관리, 문학 창작을 독려하기 위한 다양한 국가적·사적 지원, 과거 고전 문학의 항구적 관리(학교 교육과 고전작가의 작품 및 전기 출판) 등 거대한 문화적 권위를 바탕으로 상징적 권력과 사회적 강제력을 행사하는 프랑스 문학에 대한 비판적 성찰이다. 따라서 상이한 사회적 위상을 갖고 있는 한국 문학에 아무런 수정이나 여과없이 문학장 개념을 곧바로 적용할 수는 없을 것이다. 문학사회학의 대상, 즉 문학(어떤 작가, 어떤 작품, 어느 시대)과 국가적 단위로서의 사회가 상이한 만큼 분석 모델(한 국사회와 한국 문학)에 대한 성찰이 선행되었을 때 한국의 문학사회학을 본격적으로 논할 수 있을 것이다.

그럼에도 불구하고 필자는 부르디외 이론이 한국의 문학 내지는 문화 현상에 접근하는 데 있어서 신선한 시각과 유용한 개념적 도구들을 제공한다고 본다. 먼저 부르디외 이론은 문학사회학이 문학을 통해 진보주의적 사회 사상을 개진하는, 마르크스주의적 문예학과 동일한 것이라는 기존의 문학사회학적 표상에 이의를 제기하면서 문학사회학은 무엇보다도 학문이 되어야 함을 주장한다. (물론 부르디외류의 문학사회학만이 유일한 문학의 학문이라고 주장하는 것은 아니다.) 각각의 문학 작품과 작가는 자기 고유의 독창성·특수성을 주장하고 있지만, 학문이란 보편성에 근거해야 한다. 특수성과 가치의 절대화를 주장하는 예술을 그것이 태어나고 수용되는 사회와의 관계 속에서 연구함으로써 예술의 보편적 원칙을 찾아내려는 시도, 그것이 바로 문학사회학이라고 할 수 있다. 그런데 사회에 따라 문학에 대한 정의가 다른 것처럼, 예술이 주장하는 절대적 가치는 사실상 사회에 따라 상대적인 것이다. 부르디외의 문학장 이론은 연구가와 연구 대상(문학) 사이에 일정 거리를 견지할 것을 주장하고 예술적 가치의 상대화를 시도하면서 사회 내에서의 예술의 위치와 역할·기능에 비판적으로 접근한다.

물론 예술의 상징적 권력에 대한 비판적 문제 제기를 부르디외가 처음으로 시도한 것은 아니다. 그러나 한 사회 내에 횡행되는 문화의 상징적 권력에 대한 문제 제기가 갖는 위험성은 특정 개인이나 집단에 대한 단타성 공격의 수준을 벗어날 수 없다는 사실이다. (강준만의 작업을 환기해 보라.) 장, 아비투스, 위치, 위치 이동, 위치잡기, 사회적 노화 등 부르디외가 창안한 여러 개념들은 그의 비판적 성찰이 하나의 학문으로서의 보편적 적용을 가능케 하는 이론적 도구들이다. 예를 들어 문학·미술·대학 혹은 노동의 세계를 일상적으로 쉽게 사용할 수 있는 '분야'라는 표현을 회피하고 굳이 '장'이라고 하는 개념적 용어로 표현함으로써, 문학·미술·대학이라는 사회적 공간은 고유한 메커니즘에 따라 기능하는 장으로 묘사되며, 비록 실명이 거론되는 경우라 하더라도 비판의 대상이 되는 것은 특정 개인이나 집단이 아니라 부르디외가 주장하듯 "개인들을 초월한 특정 경향의 법칙과 메커니즘" 자체가 되는 것이다.[20]

바로 이런 점을 염두에 둔다면, 부르디외 이론은 한국의 문화 현상 연구에 매우 흥미로운 여러 주제를 제시한다. 여기서 몇 가지를 언급해 본다면, 특정 출판사 혹은 총서가 지지하고 선호하는 문학 형식 및 테마 연구, 한국 문단의 엄연한 현실로 존재하는 학맥과 인맥의 문제, 막대한 판매 부수를 자랑하는 문학상 제도와

---

20) 피에르 부르디외, 《사회학의 문제들》(동문선).

선정 작품들이 갖는 미학 사이의 관계, 문학상과 출판사(신문사)와의 관계, 문학종사자(창작인, 비평가, 출판인, 문학교육자들)에 대한 사회학적 연구(출생지 · 성별 · 학력 · 전공), 교과서에서 인용되는 문학 작품의 실재 독서와의 관계, 대학입시에서 논술시험이 차지하는 역할과 문학 작품과의 관계, 한국의 독서 현실에서 결정적인 매개 장소라고 할 수 있는 도서 대여점과 도서관의 보유도서와 대출현황, 현대에 들어서 점점 두드러지는 시에 대한 소설의 절대적 우위, 그리고 근대화가 서구화와 동의어였던 한국 사회에 있어서 외국 문학의 유입과 그 영향력(오늘날 누가 카뮈와 사르트르 · 도스토예프스키와 톨스토이를 외국 작가라는 이유로 한편으로 밀어두고 근대 이후의 한국 문학을 논할 수 있겠는가?) 등은 우리의 문학 현실에 대한 객관적 이해를 넓히는 데 큰 역할을 할 수 있으리라 생각한다.

더 나아가 오늘날 모든 문학도들을 점점 더 숨막히게 만드는, 인문학의 전반적 쇠퇴와 병행한 문학 위상의 사회적 쇠퇴 역시 매우 의미 있는 사회학적 현상으로 접근해 볼 수도 있을 것이다. 이제 문학은 더 이상 과거와 같은 영광을 누릴 수 없을지 모른다. 영상 매체의 발전은 범세계적으로 문학 시장의 축소를 야기했고, 그것은 곧 문학의 사회적 위상 자체를 위협하기 시작했다. 속인들이 이해할 수 없는 난해한 '고급' 문학의 '박식한' 독서를 통해 상대적으로 스스로의 정신적 우월성을 확인할 수 있었던 '소수의 행운아들'의 시대는 이제 쇠퇴일로에 접어들었다. 그러나 문학의 사망이 선언된다 할지라도, 그것이야말로 문학도들이 최후로 파고들어야 할 가장 가치 있는 연구 과제인 것이다.

2003년 8월 신미경

참고 문헌

【외국 문헌】

BALIBAR, Renée. 《Les Français fictifs: le rapport des styles littéraires au Français national》, Hachette, 1974.

BOURDIEU, Pierre.

──── 《Les Règles de l'art: genèse et structure du champ littéraire》, Paris: Seuil, 1992.

──── 《Le Sens pratique》, Paris: Minuit, 1994.

CHARLE, Christophe. 〈Situation spatiale et position sociale: essai de géographie sociale du champ littéraire à la fin du 19e sièle〉, 《Actes de la recherche en sciences sociales》, n° 13, février 1977.

DIRKX, Paul. 《Sociologie de la littérature》, Paris: Armand Colin, 2000.

DUCHET, Claude(dir.) 〈Positions et perspectives〉, Claude Duchet (dir.), 《Sociocritique》, Paris: Nathan, 1979.

ESCARPIT, Robert Escarpit. 《Sociologie de la littérature》, Paris: PUF, 1986.

GOLDMANN, Lucien.

──── 《Le Dieu caché: étude sur la vision tragique dans les *Pensées* de Pascal et dans le théâtre de Racine》, Paris: Gallimard, 1992.

──── 《Pour une sociologie du roman》, Paris: Gallimard, 1995.

ISER, Wolfgang. 《The Implied Reader: Patterns of Communication in Prose Fiction from Bunyan to Beckett》, Baltimore: Johns Hopkins Univ., 1990.

JAUSS, Hans Robert. 《Pour une esthétique de la réception》, Paris: Gallimard, 1990.

JURT, Josephe. 《La Réception de la littérature par la critique journalistique: lectures de Bernanos, 1926-1936》, Paris: Jean-Michel Place, 1980.

LEENHARDT, Jacques & JOZSA, Pierre. 《Lire la lecture: essai des sociologie de la lecture》, Paris: Sycomore, 1982.

MACHEREY, Pierre. 〈Histoire et roman dans *Les Paysans* de Balzac〉, Claude Duchet(dir.), 《Sociocritique》, Paris: Nathan, 1979.

PONTON, Rémy. 〈Naissance du roman psychologique: capital culturel, capital social et stratégie littéraire à la fin du 19e sièle〉, 《Actes de la recherche en sciences sociales》, n° 4, juillet 1975.

VIALA, Alain.

—— 《Naissance de l'écrivain: sociologie de la littérature à l'âge classique》, Paris: Minuit, 1992.

(& Georges Molinié) 《Approche de la réception: sémiotique et sociopoétique de Le Clézio》, Paris: PUF, 1993.

ZIMA, Pierre V. 《Manuel de sociocritique》, Paris: Picard, 1985.

【한국 문헌】

클로드 뒤셰, 〈사회비평을 위하여 또는 서두에 관한 소고〉, 조성애 역, 《사회비평과 이데올로기 분석, 끌로드 뒤셰, 앙리 미테랑 등의 실제분석을 바탕으로》, 백의, 1996.

장 폴 사르트르, 《문학이란 무엇인가?》, 정명환 역, 민음사, 1998.

조성애, 〈끌로드 뒤셰의 한국에서의 사회비평 강연 요지〉, 조성애 (편),《사회비평과 이데올로기 분석, 끌로드 뒤셰, 앙리 미테랑 등의 실제분석을 바탕으로》, 백의, 1996.

피에르 지마, 《문학의 사회비평론》, 정수철 역, 태학사, 1996.

홍성호, 《문학사회학, 골드만과 그 이후》, 문학과 지성사, 1995a.

홍성호, 〈마르크스 비평에서의 주체의 문제. Goldmann, Sartre, Macherey를 중심으로〉, 불어불문학회, 1995b

홍성호, 〈피에르 부르디외의 문학이론: A. Viala의 적용모델을 중심으로〉, 프랑스학회, 18권, 2000.

신미경
연세대학교 불어불문학과 졸업
파리3대학 불문학 박사학위 취득
현재 연세대학교 출강
역서 : 르 클레지오 《홍수》(東文選)
피에르 부르디외 《사회학의 문제들》(東文選)

현대신서
151

프랑스 문학사회학

초판발행 : 2003년 8월 20일

지은이 : 신미경
총편집 : 韓仁淑
펴낸곳 : 東文選
제10-64호, 78. 12. 16 등록
110-300 서울 종로구 관훈동 74
전화 : 737-2795

편집설계 : 李姃旻 李惠允

ISBN 89-8038-444-0 94800
ISBN 89-8038-050-X (현대신서)

【東文選 現代新書】

1 21세기를 위한 새로운 엘리트	FORESEEN 연구소 / 김경현	7,000원
2 의지, 의무, 자유 — 주제별 논술	L. 밀러 / 이대회	6,000원
3 사유의 패배	A. 핑켈크로트 / 주태환	7,000원
4 문학이론	J. 컬러 / 이은경 · 임옥희	7,000원
5 불교란 무엇인가	D. 키언 / 고길환	6,000원
6 유대교란 무엇인가	N. 솔로몬 / 최창모	6,000원
7 20세기 프랑스철학	E. 매슈스 / 김종갑	8,000원
8 강의에 대한 강의	P. 부르디외 / 현택수	6,000원
9 텔레비전에 대하여	P. 부르디외 / 현택수	7,000원
10 고고학이란 무엇인가	P. 반 / 박범수	8,000원
11 우리는 무엇을 아는가	T. 나겔 / 오영미	5,000원
12 에쁘롱 — 니체의 문체들	J. 데리다 / 김다은	7,000원
13 히스테리 사례분석	S. 프로이트 / 태혜숙	7,000원
14 사랑의 지혜	A. 핑켈크로트 / 권유현	6,000원
15 일반미학	R. 카이유와 / 이경자	6,000원
16 본다는 것의 의미	J. 버거 / 박범수	10,000원
17 일본영화사	M. 테시에 / 최은미	7,000원
18 청소년을 위한 철학교실	A. 자카르 / 장혜영	7,000원
19 미술사학 입문	M. 포인턴 / 박범수	8,000원
20 클래식	M. 비어드 · J. 헨더슨 / 박범수	6,000원
21 정치란 무엇인가	K. 미노그 / 이정철	6,000원
22 이미지의 폭력	O. 몽젱 / 이은민	8,000원
23 청소년을 위한 경제학교실	J. C. 드루엥 / 조은미	6,000원
24 순진함의 유혹 〔메디시스賞 수상작〕	P. 브뤼크네르 / 김웅권	9,000원
25 청소년을 위한 이야기 경제학	A. 푸르상 / 이은민	8,000원
26 부르디외 사회학 입문	P. 보네위츠 / 문경자	7,000원
27 돈은 하늘에서 떨어지지 않는다	K. 아른트 / 유영미	6,000원
28 상상력의 세계사	R. 보이아 / 김웅권	9,000원
29 지식을 교환하는 새로운 기술	A. 벵토릴라 外 / 김혜경	6,000원
30 니체 읽기	R. 비어즈워스 / 김웅권	6,000원
31 노동, 교환, 기술 — 주제별 논술	B. 데코사 / 신은영	6,000원
32 미국만들기	R. 로티 / 임옥희	10,000원
33 연극의 이해	A. 쿠프리 / 장혜영	8,000원
34 라틴문학의 이해	J. 가야르 / 김교신	8,000원
35 여성적 가치의 선택	FORESEEN연구소 / 문신원	7,000원
36 동양과 서양 사이	L. 이리가라이 / 이은민	7,000원
37 영화와 문학	R. 리처드슨 / 이형식	8,000원
38 분류하기의 유혹 — 생각하기와 조직하기	G. 비뇨 / 임기대	7,000원
39 사실주의 문학의 이해	G. 라루 / 조성애	8,000원
40 윤리학 — 악에 대한 의식에 관하여	A. 바디우 / 이종영	7,000원
41 흙과 재 〔소설〕	A. 라히미 / 김주경	6,000원

42 진보의 미래	D. 르쿠르 / 김영선	6,000원
43 중세에 살기	J. 르 고프 外 / 최애리	8,000원
44 쾌락의 횡포·상	J. C. 기유보 / 김웅권	10,000원
45 쾌락의 횡포·하	J. C. 기유보 / 김웅권	10,000원
46 운디네와 지식의 불	B. 데스파냐 / 김웅권	8,000원
47 이성의 한가운데에서 — 이성과 신앙	A. 퀴노 / 최은영	6,000원
48 도덕적 명령	FORESEEN 연구소 / 우강택	6,000원
49 망각의 형태	M. 오제 / 김수경	6,000원
50 느리게 산다는 것의 의미·1	P. 쌍소 / 김주경	7,000원
51 나만의 자유를 찾아서	C. 토마스 / 문신원	6,000원
52 음악적 삶의 의미	M. 존스 / 송인영	근간
53 나의 철학 유언	J. 기통 / 권유현	8,000원
54 타르튀프 / 서민귀족 [희곡]	몰리에르 / 덕성여대극예술비교연구회	8,000원
55 판타지 공장	A. 플라워즈 / 박범수	10,000원
56 홍수·상 [완역판]	J. M. G. 르 클레지오 / 신미경	8,000원
57 홍수·하 [완역판]	J. M. G. 르 클레지오 / 신미경	8,000원
58 일신교 — 성경과 철학자들	E. 오르티그 / 전광호	6,000원
59 프랑스 시의 이해	A. 바이양 / 김다은·이혜지	8,000원
60 종교철학	J. P. 힉 / 김희수	10,000원
61 고요함의 폭력	V. 포레스테 / 박은영	8,000원
62 고대 그리스의 시민	C. 모세 / 김덕희	7,000원
63 미학개론 — 예술철학입문	A. 셰퍼드 / 유호전	10,000원
64 논증 — 담화에서 사고까지	G. 비뇨 / 임기대	6,000원
65 역사 — 성찰된 시간	F. 도스 / 김미겸	7,000원
66 비교문학개요	F. 클로동·K. 아다-보트링 / 김정란	8,000원
67 남성지배	P. 부르디외 / 김용숙	개정판 10,000원
68 호모사피언스에서 인터렉티브인간으로	FORESEEN 연구소 / 공나리	8,000원
69 상투어 — 언어·담론·사회	R. 아모시·A. H. 피에로 / 조성애	9,000원
70 우주론이란 무엇인가	P. 코올즈 / 송형석	근간
71 푸코 읽기	P. 빌루에 / 나길래	8,000원
72 문학논술	J. 파프·D. 로쉬 / 권종분	8,000원
73 한국전통예술개론	沈雨晟	10,000원
74 시학 — 문학 형식 일반론 입문	D. 퐁텐 / 이용주	8,000원
75 진리의 길	A. 보다르 / 김승철·최정아	9,000원
76 동물성 — 인간의 위상에 관하여	D. 르스텔 / 김승철	6,000원
77 랑가쥬 이론 서설	L. 옐름슬레우 / 김용숙·김혜련	10,000원
78 잔혹성의 미학	F. 토넬리 / 박형섭	9,000원
79 문학 텍스트의 정신분석	M. J. 벨멩-노엘 / 심재중·최애영	9,000원
80 무관심의 절정	J. 보드리야르 / 이은민	8,000원
81 영원한 황홀	P. 브뤼크네르 / 김웅권	9,000원
82 노동의 종말에 반하여	D. 슈나페르 / 김교신	6,000원
83 프랑스영화사	J. -P. 장콜라 / 김혜련	8,000원

84	조와(弔蛙)	金敎臣 / 노치준·민혜숙	8,000원
85	역사적 관점에서 본 시네마	J. -L. 뢰트라 / 곽노경	8,000원
86	욕망에 대하여	M. 슈벨 / 서민원	8,000원
87	산다는 것의 의미·1—여분의 행복	P. 쌍소 / 김주경	7,000원
88	철학 연습	M. 아롱델-로오 / 최은영	8,000원
89	삶의 기쁨들	D. 노게 / 이은민	6,000원
90	이탈리아영화사	L. 스키파노 / 이주현	8,000원
91	한국문화론	趙興胤	10,000원
92	현대연극미학	M. -A. 샤르보니에 / 홍지화	8,000원
93	느리게 산다는 것의 의미·2	P. 쌍소 / 김주경	7,000원
94	진정한 모럴은 모럴을 비웃는다	A. 에슈고엔 / 김웅권	8,000원
95	한국종교문화론	趙興胤	10,000원
96	근원적 열정	L. 이리가라이 / 박정오	9,000원
97	라캉, 주체 개념의 형성	B. 오질비 / 김 석	9,000원
98	미국식 사회 모델	J. 바이스 / 김종명	7,000원
99	소쉬르와 언어과학	P. 가데 / 김용숙·임정혜	10,000원
100	철학적 기본 개념	R. 페르버 / 조국현	8,000원
101	철학자들의 동물원	A. L. 브라-쇼파르 / 문신원	근간
102	글렌 굴드, 피아노 솔로	M. 슈나이더 / 이창실	7,000원
103	문학비평에서의 실험	C. S. 루이스 / 허 종	8,000원
104	코뿔소 〔희곡〕	E. 이오네스코 / 박형섭	8,000원
105	지각—감각에 관하여	R. 바르바라 / 공정아	근간
106	철학이란 무엇인가	E. 크레이그 / 최생열	근간
107	경제, 거대한 사탄인가?	P. -N. 지로 / 김교신	7,000원
108	딸에게 들려 주는 작은 철학	R. 시몬 셰퍼 / 안상원	7,000원
109	도덕에 관한 에세이	C. 로슈·J. -J. 바레르 / 고수현	6,000원
110	프랑스 고전비극	B. 클레망 / 송민숙	8,000원
111	고전수사학	G. 위딩 / 박성철	10,000원
112	유토피아	T. 파코 / 조성애	7,000원
113	쥐비알	A. 자르댕 / 김남주	7,000원
114	증오의 모호한 대상	J. 아순 / 김승철	8,000원
115	개인—주체철학에 대한 고찰	A. 르노 / 장정아	7,000원
116	이슬람이란 무엇인가	M. 루스벤 / 최생열	8,000원
117	테러리즘의 정신	J. 보드리야르 / 배영달	8,000원
118	역사란 무엇인가	존 H. 아널드 / 최생열	8,000원
119	느리게 산다는 것의 의미·3	P. 쌍소 / 김주경	7,000원
120	문학과 정치 사상	P. 페티에 / 이종민	8,000원
121	가장 아름다운 하나님 이야기	A. 보테르 外 / 주태환	8,000원
122	시민 교육	P. 카니베즈 / 박주원	9,000원
123	스페인영화사	J.- C. 스갱 / 정동섭	8,000원
124	인터넷상에서—행동하는 지성	H. L. 드레퓌스 / 정혜욱	9,000원
125	내 몸의 신비—세상에서 가장 큰 기적	A. 지오르당 / 이규식	7,000원

126 세 가지 생태학	F. 가타리 / 윤수종	8,000원
127 모리스 블랑쇼에 대하여	E. 레비나스 / 박규현	9,000원
128 위뷔 왕 〔희곡〕	A. 자리 / 박형섭	8,000원
129 번영의 비참	P. 브뤼크네르 / 이창실	8,000원
130 무사도란 무엇인가	新渡戶稻造 / 沈雨晟	7,000원
131 천 개의 집 〔소설〕	A. 라히미 / 김주경	근간
132 문학은 무슨 소용이 있는가?	D. 살나브 / 김교신	7,000원
133 종교에 대하여—행동하는 지성	존 D. 카푸토 / 최생열	9,000원
134 노동사회학	M. 스트루방 / 박주원	8,000원
135 맞불 · 2	P. 부르디외 / 김교신	10,000원
136 믿음에 대하여—행동하는 지성	S. 지제크 / 최생열	9,000원
137 법, 정의, 국가	A. 기그 / 민혜숙	8,000원
138 인식, 상상력, 예술	E. 아카마츄 / 최돈호	근간
139 위기의 대학	ARESER / 김교신	10,000원
140 카오스모제	F. 가타리 / 윤수종	10,000원
141 코란이란 무엇인가	M. 쿡 / 이강훈	근간
142 신학이란 무엇인가	D. F. 포드 / 노치준 · 강혜원	근간
143 누보 로망, 누보 시네마	C. 뮈르시아 / 이창실	근간
144 지능이란 무엇인가	I. J. 디어리 / 송형석	근간
145 중세의 기사들	E. 부라생 / 임호경	근간
146 철학에 입문하기	Y. 카탱 / 박선주	8,000원
147 지옥의 힘	J. 보드리야르 / 배영달	8,000원
148 철학 기초 강의	F. 로피 / 공나리	근간
149 시네마토그라프에 대한 단상	R. 브레송 / 오일환 · 김경온	근간
150 성서란 무엇인가	J. 리치스 / 최생열	근간
151 프랑스 문학사회학	신미경	8,000원
152 잡사와 문학	F. 에브라르 / 최정아	근간
1001 《제7의 봉인》 비평연구	E. 그랑조르주 / 이은민	근간
1002 《쥘과 짐》 비평연구	C. 르 베르 / 이은민	근간
1003 《시민 케인》	L. 멀비 / 이형식	근간
1004 《새》	C. 파질리아 / 이형식	근간

【東文選 文藝新書】

1 저주받은 詩人들	A. 뻬이르 / 최수철 · 김종호	개정근간
2 민속문화론서설	沈雨晟	40,000원
3 인형극의 기술	A. 훼도토프 / 沈雨晟	8,000원
4 전위연극론	J. 로스 에반스 / 沈雨晟	12,000원
5 남사당패연구	沈雨晟	19,000원
6 현대영미희곡선(전4권)	N. 코워드 外 / 李辰洙	절판
7 행위예술	L. 골드버그 / 沈雨晟	18,000원
8 문예미학	蔡 儀 / 姜慶鎬	절판
9 神의 起源	何 新 / 洪 熹	16,000원

10	중국예술정신	徐復觀 / 權德周 外	24,000원
11	中國古代書史	錢存訓 / 金允子	14,000원
12	이미지 — 시각과 미디어	J. 버거 / 편집부	12,000원
13	연극의 역사	P. 하트놀 / 沈雨晟	12,000원
14	詩 論	朱光潛 / 鄭相泓	22,000원
15	탄트라	A. 무케르지 / 金龜山	16,000원
16	조선민족무용기본	최승희	15,000원
17	몽고문화사	D. 마이달 / 金龜山	8,000원
18	신화 미술 제사	張光直 / 李 徹	10,000원
19	아시아 무용의 인류학	宮尾慈良 / 沈雨晟	20,000원
20	아시아 민족음악순례	藤井知昭 / 沈雨晟	5,000원
21	華夏美學	李澤厚 / 權 瑚	15,000원
22	道	張立文 / 權 瑚	18,000원
23	朝鮮의 占卜과 豫言	村山智順 / 金禧慶	15,000원
24	원시미술	L. 아담 / 金仁煥	16,000원
25	朝鮮民俗誌	秋葉隆 / 沈雨晟	12,000원
26	神話의 이미지	J. 캠벨 / 扈承喜	근간
27	原始佛敎	中村元 / 鄭泰爀	8,000원
28	朝鮮女俗考	李能和 / 金尙憶	24,000원
29	朝鮮解語花史(조선기생사)	李能和 / 李在崑	25,000원
30	조선창극사	鄭魯湜	17,000원
31	동양회화미학	崔炳植	18,000원
32	性과 결혼의 민족학	和田正平 / 沈雨晟	9,000원
33	農漁俗談辭典	宋在璇	12,000원
34	朝鮮의 鬼神	村山智順 / 金禧慶	12,000원
35	道敎와 中國文化	葛兆光 / 沈揆昊	15,000원
36	禪宗과 中國文化	葛兆光 / 鄭相泓·任炳權	8,000원
37	오페라의 역사	L. 오레이 / 류연희	18,000원
38	인도종교미술	A. 무케르지 / 崔炳植	14,000원
39	힌두교의 그림언어	안넬리제 外 / 全在星	9,000원
40	중국고대사회	許進雄 / 洪 熹	30,000원
41	중국문화개론	李宗桂 / 李宰碩	23,000원
42	龍鳳文化源流	王大有 / 林東錫	25,000원
43	甲骨學通論	王宇信 / 李宰碩	근간
44	朝鮮巫俗考	李能和 / 李在崑	20,000원
45	미술과 페미니즘	N. 부루드 外 / 扈承喜	9,000원
46	아프리카미술	P. 윌레뜨 / 崔炳植	절판
47	美의 歷程	李澤厚 / 尹壽榮	28,000원
48	曼茶羅의 神들	立川武藏 / 金龜山	19,000원
49	朝鮮歲時記	洪錫謨 外/李錫浩	30,000원
50	하 상	蘇曉康 外 / 洪 熹	절판
51	武藝圖譜通志 實技解題	正 祖 / 沈雨晟·金光錫	15,000원

52	古文字學첫걸음	李學勤 / 河永三	14,000원
53	體育美學	胡小明 / 閔永淑	10,000원
54	아시아 美術의 再發見	崔炳植	9,000원
55	曆과 占의 科學	永田久 / 沈雨晟	8,000원
56	中國小學史	胡奇光 / 李宰碩	20,000원
57	中國甲骨學史	吳浩坤 外 / 梁東淑	35,000원
58	꿈의 철학	劉文英 / 河永三	22,000원
59	女神들의 인도	立川武藏 / 金龜山	19,000원
60	性의 역사	J. L. 플랑드렝 / 편집부	18,000원
61	쉬르섹슈얼리티	W. 챠드윅 / 편집부	10,000원
62	여성속담사전	宋在璇	18,000원
63	박재서회곡선	朴栽緒	10,000원
64	東北民族源流	孫進己 / 林東錫	13,000원
65	朝鮮巫俗의 硏究(상·하)	赤松智城·秋葉隆 / 沈雨晟	28,000원
66	中國文學 속의 孤獨感	斯波六郎 / 尹壽榮	8,000원
67	한국사회주의 연극운동사	李康列	8,000원
68	스포츠인류학	K. 블랑챠드 外 / 박기동 外	12,000원
69	리조복식도감	리팔찬	20,000원
70	娼 婦	A. 꼬르벵 / 李宗旼	22,000원
71	조선민요연구	高晶玉	30,000원
72	楚文化史	張正明 / 南宗鎭	26,000원
73	시간, 욕망, 그리고 공포	A. 코르뱅 / 변기찬	18,000원
74	本國劍	金光錫	40,000원
75	노트와 반노트	E. 이오네스코 / 박형섭	20,000원
76	朝鮮美術史硏究	尹喜淳	7,000원
77	拳法要訣	金光錫	30,000원
78	艸衣選集	艸衣意恂 / 林鍾旭	20,000원
79	漢語音韻學講義	董少文 / 林東錫	10,000원
80	이오네스코 연극미학	C. 위베르 / 박형섭	9,000원
81	중국문자훈고학사전	全廣鎭 편역	23,000원
82	상말속담사전	宋在璇	10,000원
83	書法論叢	沈尹默 / 郭魯鳳	8,000원
84	침실의 문화사	P. 디비 / 편집부	9,000원
85	禮의 精神	柳肅 / 洪熹	20,000원
86	조선공예개관	沈雨晟 편역	30,000원
87	性愛의 社會史	J. 솔레 / 李宗旼	18,000원
88	러시아미술사	A. I. 조토프 / 이건수	22,000원
89	中國書藝論文選	郭魯鳳 選譯	25,000원
90	朝鮮美術史	關野貞 / 沈雨晟	근간
91	美術版 탄트라	P. 로슨 / 편집부	8,000원
92	군달리니	A. 무케르지 / 편집부	9,000원
93	카마수트라	바짜야나 / 鄭泰爀	18,000원

94	중국언어학총론	J. 노먼 / 全廣鎭	18,000원
95	運氣學說	任應秋 / 李宰碩	15,000원
96	동물속담사전	宋在璇	20,000원
97	자본주의의 아비투스	P. 부르디외 / 최종철	10,000원
98	宗敎學入門	F. 막스 뮐러 / 金龜山	10,000원
99	변 화	P. 바츨라빅크 外 / 박인철	10,000원
100	우리나라 민속놀이	沈雨晟	15,000원
101	歌訣(중국역대명언경구집)	李宰碩 편역	20,000원
102	아니마와 아니무스	A. 융 / 박해순	8,000원
103	나, 너, 우리	L. 이리가라이 / 박정오	12,000원
104	베케트연극론	M. 푸크레 / 박형섭	8,000원
105	포르노그래피	A. 드워킨 / 유혜련	12,000원
106	셸 링	M. 하이데거 / 최상욱	12,000원
107	프랑수아 비용	宋 勉	18,000원
108	중국서예 80제	郭魯鳳 편역	16,000원
109	性과 미디어	W. B. 키 / 박해순	12,000원
110	中國正史朝鮮列國傳(전2권)	金聲九 편역	120,000원
111	질병의 기원	T. 매큐언 / 서 일·박종연	12,000원
112	과학과 젠더	E. F. 켈러 / 민경숙·이현주	10,000원
113	물질문명·경제·자본주의	F. 브로델 / 이문숙 外	절판
114	이탈리아인 태고의 지혜	G. 비코 / 李源斗	8,000원
115	中國武俠史	陳 山 / 姜鳳求	18,000원
116	공포의 권력	J. 크리스테바 / 서민원	23,000원
117	주색잡기속담사전	宋在璇	15,000원
118	죽음 앞에 선 인간(상·하)	P. 아리에스 / 劉仙子	각권 8,000원
119	철학에 대하여	L. 알튀세르 / 서관모·백승욱	12,000원
120	다른 곳	J. 데리다 / 김다은·이혜지	10,000원
121	문학비평방법론	D. 베르제 外 / 민혜숙	12,000원
122	자기의 테크놀로지	M. 푸코 / 이희원	16,000원
123	새로운 학문	G. 비코 / 李源斗	22,000원
124	천재와 광기	P. 브르노 / 김웅권	13,000원
125	중국은사문화	馬 華·陳正宏 / 강경범·천현경	12,000원
126	푸코와 페미니즘	C. 라마자노글루 外 / 최 영 外	16,000원
127	역사주의	P. 해밀턴 / 임옥희	12,000원
128	中國書藝美學	宋 民 / 郭魯鳳	16,000원
129	죽음의 역사	P. 아리에스 / 이종민	18,000원
130	돈속담사전	宋在璇 편	15,000원
131	동양극장과 연극인들	김영무	15,000원
132	生育神과 性巫術	宋兆麟 / 洪 熹	20,000원
133	미학의 핵심	M. M. 이턴 / 유호전	20,000원
134	전사와 농민	J. 뒤비 / 최생열	18,000원
135	여성의 상태	N. 에니크 / 서민원	22,000원

136	중세의 지식인들	J. 르 고프 / 최애리	18,000원
137	구조주의의 역사(전4권)	F. 도스 / 김웅권 外 Ⅰ·Ⅱ·Ⅳ 15,000원 / Ⅲ	18,000원
138	글쓰기의 문제해결전략	L. 플라워 / 원진숙·황정현	20,000원
139	음식속담사전	宋在璇 편	16,000원
140	고전수필개론	權 瑚	16,000원
141	예술의 규칙	P. 부르디외 / 하태환	23,000원
142	"사회를 보호해야 한다"	M. 푸코 / 박정자	20,000원
143	페미니즘사전	L. 터틀 / 호승희·유혜련	26,000원
144	여성심벌사전	B. G. 워커 / 정소영	근간
145	모데르니테 모데르니테	H. 메쇼닉 / 김다은	20,000원
146	눈물의 역사	A. 벵상뷔포 / 이자경	18,000원
147	모더니티입문	H. 르페브르 / 이종민	24,000원
148	재생산	P. 부르디외 / 이상호	18,000원
149	종교철학의 핵심	W. J. 웨인라이트 / 김희수	18,000원
150	기호와 몽상	A. 시몽 / 박형섭	22,000원
151	융분석비평사전	A. 새뮤얼 外 / 민혜숙	16,000원
152	운보 김기창 예술론연구	최병식	14,000원
153	시적 언어의 혁명	J. 크리스테바 / 김인환	20,000원
154	예술의 위기	Y. 미쇼 / 하태환	15,000원
155	프랑스사회사	G. 뒤프 / 박 단	16,000원
156	중국문예심리학사	劉偉林 / 沈揆昊	30,000원
157	무지카 프라티카	M. 캐넌 / 김혜중	25,000원
158	불교산책	鄭泰爀	20,000원
159	인간과 죽음	E. 모랭 / 김명숙	23,000원
160	地中海(전5권)	F. 브로델 / 李宗旼	근간
161	漢語文字學史	黃德實·陳秉新 / 河永三	24,000원
162	글쓰기와 차이	J. 데리다 / 남수인	28,000원
163	朝鮮神事誌	李能和 / 李在崑	근간
164	영국제국주의	S. C. 스미스 / 이태숙·김종원	16,000원
165	영화서술학	A. 고드로·F. 조스트 / 송지연	17,000원
166	美學辭典	사사키 겡이치 / 민주식	22,000원
167	하나이지 않은 성	L. 이리가라이 / 이은민	18,000원
168	中國歷代書論	郭魯鳳 譯註	25,000원
169	요가수트라	鄭泰爀	15,000원
170	비정상인들	M. 푸코 / 박정자	25,000원
171	미친 진실	J. 크리스테바 外 / 서민원	25,000원
172	디스탱숑(상·하)	P. 부르디외 / 이종민	근간
173	세계의 비참(전3권)	P. 부르디외 外 / 김주경	각권 26,000원
174	수묵의 사상과 역사	崔炳植	근간
175	파스칼적 명상	P. 부르디외 / 김웅권	22,000원
176	지방의 계몽주의	D. 로슈 / 주명철	30,000원
177	이혼의 역사	R. 필립스 / 박범수	25,000원

178 사랑의 단상	R. 바르트 / 김희영	근간
179 中國書藝理論體系	熊秉明 / 郭魯鳳	23,000원
180 미술시장과 경영	崔炳植	16,000원
181 카프카 — 소수적인 문학을 위하여	G. 들뢰즈·F. 가타리 / 이진경	13,000원
182 이미지의 힘 — 영상과 섹슈얼리티	A. 쿤 / 이형식	13,000원
183 공간의 시학	G. 바슐라르 / 곽광수	23,000원
184 랑데부 — 이미지와의 만남	J. 버거 / 임옥희·이은경	18,000원
185 푸코와 문학 — 글쓰기의 계보학을 향하여	S. 듀링 / 오경심·홍유미	근간
186 각색, 연극에서 영화로	A. 엘보 / 이선형	16,000원
187 폭력과 여성들	C. 도펭 外 / 이은민	18,000원
188 하드 바디 — 할리우드 영화에 나타난 남성성	S. 제퍼드 / 이형식	18,000원
189 영화의 환상성	J. -L. 뢰트라 / 김경온·오일환	18,000원
190 번역과 제국	D. 로빈슨 / 정혜욱	16,000원
191 그라마톨로지에 대하여	J. 데리다 / 김웅권	근간
192 보건 유토피아	R. 브로만 外 / 서민원	근간
193 현대의 신화	R. 바르트 / 이화여대기호학연구소	20,000원
194 중국회화백문백답	郭魯鳳	근간
195 고서화감정개론	徐邦達 / 郭魯鳳	근간
196 상상의 박물관	A. 말로 / 김웅권	근간
197 부빈의 일요일	J. 뒤비 / 최생열	22,000원
198 아인슈타인의 최대 실수	D. 골드스미스 / 박범수	16,000원
199 유인원, 사이보그, 그리고 여자	D. 해러웨이 / 민경숙	25,000원
200 공동생활 속의 개인주의	F. 드 생글리 / 최은영	20,000원
201 기식자	M. 세르 / 김웅권	24,000원
202 연극미학 — 플라톤에서 브레히트까지의 텍스트들	J. 셰레 外 / 홍지화	24,000원
203 철학자들의 신	W. 바이셰델 / 최상욱	34,000원
204 고대 세계의 정치	모제스 I 핀레이 / 최생열	16,000원
205 프란츠 카프카의 고독	M. 로베르 / 이창실	18,000원
206 문화 학습 — 실천적 입문서	J. 자일스·T. 미들턴 / 장성희	24,000원
207 호모 아카데미쿠스	P. 부르디외 / 임기대	근간
208 朝鮮槍棒敎程	金光錫	40,000원
209 자유의 순간	P. M. 코헨 / 최하영	16,000원
210 밀교의 세계	鄭泰爀	16,000원
211 토탈 스크린	J. 보드리야르 / 배영달	19,000원
212 영화와 문학의 서술학	F. 바누아 / 송지연	근간
213 텍스트의 즐거움	R. 바르트 / 김희영	15,000원
214 영화의 직업들	B. 라트롱슈 / 김경온·오일환	근간
215 소설과 신화	이용주	15,000원
216 문화와 계급 — 부르디외와 한국 사회	홍성민 外	18,000원
217 작은 사건들	R. 바르트 / 김주경	14,000원
218 연극분석입문	J. -P. 링가르 / 박형섭	18,000원
219 푸코	G. 들뢰즈 / 허 경	17,000원

220 우리나라 도자기와 가마터	宋在璇	30,000원
221 보이는 것과 보이지 않는 것	M. 퐁티 / 남수인 · 최의영	근간
222 메두사의 웃음/출구	H. 식수 / 박혜영	근간
223 담화 속의 논증	R. 아모시 / 장인봉	20,000원
224 포켓의 형태	J. 버거 / 이영주	근간
225 이미지심벌사전	A. 드 브리스 / 이원두	근간
226 이데올로기	D. 호크스 / 고길환	16,000원
227 영화의 이론	B. 발라즈 / 이형식	20,000원
228 건축과 철학	J. 보드리야르 · J. 누벨 / 배영달	16,000원
229 폴 리쾨르 — 삶의 의미들	F. 도스 / 이봉지 外	근간
230 서양철학사	A. 케니 / 이영주	근간
231 근대성과 육체의 정치학	D. 르 브르통 / 홍성민	20,000원
232 허난설헌	金成南	16,000원
233 인터넷 철학	G. 그레이엄 / 이영주	15,000원
234 촛불의 미학	G. 바슐라르 / 이가림	근간
235 의학적 추론	A. 시쿠렐 / 서민원	근간
236 튜링	J. 라세구 / 임기대	근간
237 이성의 역사	F. 샤틀레 / 심세광	근간
238 조선연극사	金在喆	22,000원
239 미학이란 무엇인가	M. 지므네즈 / 김웅권	근간
240 古文字類編	高 明	40,000원
241 부르디외 사회학 이론	L. 핀토 / 김용숙 · 김은희	근간
242 문학은 무슨 생각을 하는가?	P. 마슈레 / 서민원	근간
243 행복해지기 위해 무엇을 배워야 하는가?　A. 우지오 外 / 김교신		근간
244 영화와 회화	P. 보니체 / 홍지화	근간
1001 베토벤: 전원교향곡	D. W. 존스 / 김지순	근간
1002 모차르트: 하이든 현악 4중주곡　J. 어빙 / 김지순		근간

【기 타】

▨ 모드의 체계	R. 바르트 / 이화여대기호학연구소	18,000원
▨ 라신에 관하여	R. 바르트 / 남수인	10,000원
▨ 說 苑 (上 · 下)	林東錫 譯註	각권 30,000원
▨ 晏子春秋	林東錫 譯註	30,000원
▨ 西京雜記	林東錫 譯註	20,000원
▨ 搜神記 (上 · 下)	林東錫 譯註	각권 30,000원
■ 경제적 공포〔메디치賞 수상작〕	V. 포레스테 / 김주경	7,000원
■ 古陶文字徵	高 明 · 葛英會	20,000원
■ 金文編	容 庚	36,000원
■ 고독하지 않은 홀로되기	P. 들레름 · M. 들레름 / 박정오	8,000원
■ 그리하여 어느날 사랑이여	이외수 편	4,000원
■ 딸에게 들려 주는 작은 지혜	N. 레흐레이트너 / 양영란	6,500원
■ 노력을 대신하는 것은 없다	R. 쉬이 / 유혜련	5,000원

■ 노블레스 오블리주	현택수 사회비평집	7,500원
■ 미래를 원한다	J. D. 로스네 / 문 선 · 김덕희	8,500원
■ 사랑의 존재	한용운	3,000원
■ 산이 높으면 마땅히 우러러볼 일이다	유 향 / 임동석	5,000원
■ 서기 1000년과 서기 2000년 그 두려움의 흔적들	J. 뒤비 / 양영란	8,000원
■ 서비스는 유행을 타지 않는다	B. 바게트 / 정소영	5,000원
■ 선종이야기	홍 희 편저	8,000원
■ 섬으로 흐르는 역사	김영회	10,000원
■ 세계사상	창간호~3호: 각권 10,000원 / 4호: 14,000원	
■ 십이속상도안집	편집부	8,000원
■ 어린이 수묵화의 첫걸음(전6권)	趙 陽 / 편집부	각권 5,000원
■ 오늘 다 못다한 말은	이외수 편	7,000원
■ 오블라디 오블라다, 인생은 브래지어 위를 흐른다	무라카미 하루키 / 김난주	7,000원
■ 인생은 앞유리를 통해서 보라	B. 바게트 / 박해순	5,000원
■ 잠수복과 나비	J. D. 보비 / 양영란	6,000원
■ 천연기념물이 된 바보	최병식	7,800원
■ 原本 武藝圖譜通志	正祖 命撰	60,000원
■ 隸字編	洪鈞陶	40,000원
■ 테오의 여행 (전5권)	C. 클레망 / 양영란	각권 6,000원
■ 한글 설원 (상 · 중 · 하)	임동석 옮김	각권 7,000원
■ 한글 안자춘추	임동석 옮김	8,000원
■ 한글 수신기 (상 · 하)	임동석 옮김	각권 8,000원

【이외수 작품집】

■ 겨울나기	창작소설	7,000원
■ 그대에게 던지는 사랑의 그물	에세이	7,000원
■ 그리움도 화석이 된다	시화집	6,000원
■ 꿈꾸는 식물	장편소설	7,000원
■ 내 잠 속에 비 내리는데	에세이	7,000원
■ 들 개	장편소설	7,000원
■ 말더듬이의 겨울수첩	에스프리모음집	7,000원
■ 벽오금학도	장편소설	7,000원
■ 장수하늘소	창작소설	7,000원
■ 칼	장편소설	7,000원
■ 풀꽃 술잔 나비	서정시집	4,000원
■ 황금비늘 (1 · 2)	장편소설	각권 7,000원

東文選 現代新書 26

부르디외 사회학 입문

파트리스 보네위츠

문경자 옮김

사회학이란 무엇인가? 사회는 무엇이며, 그것은 어떻게 재생산되는가? 혹은 반대로 사회는 어떻게 변화하는가? 개인이 차지하는 위치는 무엇인가?

분열된 학문인 사회학에서 부르디외의 접근방식은 흥미를 끌지 않을 수 없다. 만약 그가 주장하듯이 과학적 분석이 장의 개념에서 출발하여 이루어질 수 있다면, 그 속에 속해 있는 행위자들 사이의 투쟁은 필연적일 것이다. 그렇기 때문에 그들 중의 일부는 보존 혹은 확장의 전략들을 이용하고, 또 다른 일부는 전복의 전략들을 이용하기도 한다.

본서는 고등학교 졸업반 및 대학 초년생들의 사회경제학 프로그램에 포함된 여러 주제들을 검토하는 데에 활용될 수 있다.

● 첫째, 부르디외를 그 자신의 역사적 · 이론적 추론의 틀 속에 위치시키면서 그를 소개한다.

● 사회화 과정, 사회의 계층화, 문화적 실천 혹은 불평등의 재생산과 같은 다양한 사회적 사실들을 해명할 수 있게 해주는 개념들과 방법론의 특수성을 설명한다.

● 마지막으로 이 이론의 주요한 한계들을 제시한다.

따라서 대개 산만하게 소개된 부르디외의 이론에 대해 일관된 관점을 가지고 싶어하는 학생들은 이 책을 읽음으로써 흥미를 느낄 수 있을 것이다. 또한 중요한 발췌문을 통해 부르디외의 텍스트들과 친숙해지고, 그의 연구를 더욱 심화, 확대시켜 나갈 수 있을 것이다.